テメレア戦記6　大海蛇の舌　下　目次

主な登場人物と竜

テメレア

中国産の稀少なセレスチャル種の大型ドラゴン。中国皇帝からナポレオンに贈られた卵を英国艦が奪取し、洋上で卵から孵《かえ》った。英国航空隊ドラゴン戦隊所属。すさまじい破壊力を持つ咆吼《ほうこう》〝神の風《ディヴァインズ・ウィンド》〟と空中停止《ホバリング》は、セレスチャル種だけの特異な能力。中国名はロン・ティエン・シエン（龍天翔）。学問好きで、美食家で、思いこんだらまっしぐら。ローレンスとの絆は深く、強い。

ウィリアム（ウィル）・ローレンス

テメレアを担うキャプテン。英国海軍の軍人としてナポレオン戦争を戦ってきたが、艦長を務めるリライアント号がフランス艦を拿捕《だほ》したことから運命が一転する。洋上で孵化したテメレアから担い手に選ばれ、国家への忠誠心ゆえに航空隊に転属するが、いつしかテメレアがかけがえのない存在に。竜疫が全世界に蔓延するのを阻止しようとするテメレアとともに、特効薬をフランスに手渡したことから、国家反逆罪を着せられ、死刑を宣告されるが、減刑ののち、英領植民地に追放される。

英国の人々

ジェーン・ローランド……空将。エクシディウムを担う女性キャプテン。ローレンスとは恋人関係にあったが――

ジョン・グランビー……イスキエルカの担い手。元テメレア・チームの副キャプテン

エミリー・ローランド……士官見習い。ジェーンの娘。空将である母の命を受け、ローレンスに同行

ディメーン……コーサ人の士官見習い。テメレア・チームのクルー

サイフォ……ディメーンの弟。テメレア・チームのクルー。本の虫

テンジン・サルカイ……野生ドラゴンの言語に通じ、卓越した身体能力と知性を持つ謎の男

フェローズ……武具師。ハーネスづくりの名人

ドーセット……若き竜医

ゴン・スー……中国から連れてきた料理人。テメレアに献身的に尽くす

ジェレミー・ランキン……元伝令使。名門出身。騎乗していたレヴィタスの死をめぐりローレンスと確執が――

フォーシング……空尉。竜の卵の担い手候補

ブリンカン……空尉。竜の卵の担い手候補

キャサリン・ハーコート……リリーを担う女性キャプテン。夫のトム・ライリーとのあいだに一児をもうけた

トム・ライリー……ドラゴン輸送艦アリージャンス号艦長。ローレンスの海軍時代の部下

パーベック卿……アリージャンス号副長

ウェルズリー将軍／ウェリントン公爵……英国軍の主導権を狙う、知略に富んだ切れ者

マルグレーヴ卿……海軍大臣

オーストラリアの人々

ウィリアム・ブライ……ニューサウスウェールズ植民地総督

ジョンストン……ニューサウスウェールズ軍団を率いる反乱の首謀者

ジョン・マッカーサー……植民地当局首席を名乗る反乱の首謀者

ジョーナス・グリーン……囚人

ロバート・メイナード……囚人
ジャック・テリー……〃
ホブ・ウェセックス……〃
オディー……〃

英国のドラゴンたち

イスキエルカ……グランビーが担う火噴きのカジリク種
アルカディ……仲間を引きつれて英国に渡った、パミール高原の山賊ドラゴンの長《おさ》
リンジ……アルカディの片腕。野生の雌ドラゴン
ペルシティア……中型交配種の雌ドラゴン、戦闘嫌いだが、特異な知的能力を持つ
マクシムス……バークリーが担う巨大なリーガル・コッパー種
リリー……テメレアの所属する編隊のリーダー。毒噴きのロングウィング種
ドラゴンの卵1……野生ドラゴンのアルカディが父、リンジが母
ドラゴンの卵2……大型種どうしの交配ながら異様に小さい
ドラゴンの卵3……普及種イエロー・リーパーの卵

フランスのドラゴンと人

リエン……故国中国を離れて、ナポレオンの参謀となった純白の雌ドラゴン。セレスチャル種
ナポレオン……フランス皇帝

第二部

10　長く生きられないかもしれない

「あらゆる不適切な介入をこれで終えてくれることに感謝しよう、ミスタ・ローレンス」ランキンが氷のような冷ややかさで言った。「きみは階級もなければ所属もない。また、このような事案に意見を述べられるほど、正規の訓練を積んでいるわけでもない。ミスタ・ドルーモア、きみに責務を遂行する覚悟があると信じていいな？　ミスタ・ブリンカン、序列に鑑《かんが》みれば、つぎはきみだ。ミスタ・ドルーモアが幼竜との契《ちぎ》りを結べなかった場合に備えて、準備しておくように」

「イエス・サー」ドルーモア空尉が一瞬の間をおいて言った。喜んでいないわけではないが、降って湧いたようなチャンスがすぐには理解できなかったようだ。

ドルーモア空尉は、四十歳になる身も心も重い男だ。ローレンスがこれまで見たところ、統率力は皆無と言ってよく、人の良さからくる意欲と基礎的な能力のほかに評価すべきところはなにもなかった。かつては中型ドラゴンのクルーとして副長を務めていたが、優秀で人望厚いキャプテンの息子であるという以上の栄光を勝ちとるような戦功はあげられず、出世はそこで終わった。そして、竜疫《りゅうえき》が英国に蔓延《まんえん》したとき、彼のチームのドラゴンも命を落とし、その後は地上勤務になっていた。

ブリンカン空尉は、ドルーモアより年齢も序列もわずかに下だが、影の薄い存在であることに変わりはなかった。いずれにせよ、どちらの人物も、最後に残された卵から生まれるドラゴンの担い手としてふさわしくはない。一方、フォーシング空尉は飛行士として秀でたものがありながら、後ろ盾《だて》のない身であるために、担《にな》い手《て》候補からはずされたにちがいなかった。

後ろ盾や縁故《えんこ》が昇進に幅をきかす海軍で少年時代から軍務に就いてきたローレンスだが、いまでは海軍とはまったく異なる航空隊の流儀《りゅうぎ》に慣れていた。たとえ後ろ盾や縁故があろうが、飛行士になれるとはかぎらないのが航空隊の原則だ。

ランキンはその例外で、ほかには、かつて部下として副長を務めたフェリス空尉がいた。このふたりだけが、ローレンスがこれまで航空隊で出会った例外的存在だった。航空隊では、縁故や家柄の威光より、優れた能力とそれを示す好機を得られるかどうかのほうが、はるかに出世にものを言う。個人的忠誠が考慮される場合もあるが、ランキンはこのふたりの男をよく知らないはずだし、彼らもランキンを慕《した》っているわけではない。ランキンは大勢のなかのひとりとしてそれぞれに出会い、しかも、出会ってから一か月とたっていなかった。

意見しても無駄だとわかっていたが、ローレンスは言うことにした。「指揮官殿、あなたはご存じないかもしれないが、キャプテン・グランビーの選択は、それとは異なるものでした」声は低く落としていた。

ランキンは、このうえなく侮辱《ぶじょく》的な態度でそれをはねつけると、声を落とすこともなく付け加えた。「わたしはこの基地が、きみのふるまいを手本とするような、正統ではない不埒《ふらち》な者たちによって運営されるのを是《よ》しとはしないのだ」

「ミスタ・フォーシングが飛行士として正統ではないとおっしゃっているようにしか聞こえません」

「きみという実例があるからこそ、正規の訓練を受けた信頼のおける家系の出身者を評価することが求められているのではないだろうか。すなわち、ドラゴンの本来のあり方と本分を理解できる者たちが」ランキンが言った。

このときまで卵のようすを心配そうに見守っていたテメレアが、頭をもたげて言った。「でもね、卵から孵《かえ》った幼竜がミスタ・フォーシングを選ぶなら、それで決まりじゃないかな。あなたがどう思おうと、これだけは言わせてもらうけど、信頼のおける家系の出身かどうかなんて、どうだっていいことだよ」

ランキンが振り返ってテメレアになにか言おうとしたとき、卵ががたがたと揺れ出した。殻《から》のまんなかあたりに突然ひびが入り、そこにいる者全員が卵に注目した。まだ完全には分かれていない上半分を押しあげようと、なかから相当に努力しているようだ。やっとのことで上半分が持ちあがり、火事で焼けた地面にごろりと転がると、もがきながら幼竜が姿をあらわした。

幼竜が頭をあげると、うっと息を呑むような、とまどいの沈黙が訪れた。なんとも奇妙な、ぶかっこうな生き物だった。ローレンスはこれまで何度か孵化《ふか》を見てきたが、どんなドラゴンにも殻を割った瞬間から、しなやかさと圧倒されるような気品が備わっていた。

ところが、この幼竜にはそういったものがまるで欠けている。長い体は骨と皮ばかり、茶色がかった灰色の斑点《はんてん》が散って、両肩と背中に、卵を産んだチェッカード・ネトルの尾に見られるような太い棘《とげ》が鋭く立ちあがっていた。パルナシアン種の父親の影響は、幼竜がそれで自分の体を傷つけてしまうのではないかと危ぶまれるほど長いかぎ爪にあらわれている。

翼はいくぶん短く、左右の付け根の間隔が異様に狭く、両脇を覆《おお》うようにだらりと垂れていた。が、幼竜が翼を広げようとしたとき、その脇腹があらわになった。表皮がぶくぶくとふくれて幾重もの太いしわになり、肩から股関節《こかんせつ》までを埋め尽くしている。胸郭《きょうかく》が小さすぎるために、表皮が余ってだぶついているのかもしれない。

しかし、その部分を除けば、幼竜の体は痛々しいほど細く、肩と腰の骨がくっきりと浮きあがって見えた。細長い体を卵のなかできつく折りたたんでいたことが災いしたにちがいない。麻痺《まひ》した体を試すかのように、ゆっくりと少しずつ体をほどいていくのだが、ちょっと動くたびに休みをとり、荒い息をついている。ローレンスは、幼竜の体の栄養不良の猟犬ぐらいしかない小ささにもたじろいだ。

「うう、お腹ぺこぺこだ」幼竜が、羊飼いの笛のような甲高い声で言った。しかし、飛行士は誰も近づこうとしなかった。ドルーモアとブリンカンが不安げに身をよじってフォーシングを見たが、彼はすでにじりじりと後ろにさがっていた。そこで、ふたりも幼竜から後ずさりをはじめた。気まずい沈黙がふたたび訪れた。

「やれやれ」と、沈黙を破って、ランキンが言った。「哀《あわ》れなものだ。紳士諸君、ここは同意いただけると確信するが、よろしいだろうか。この幼竜と契りを結びたい士官はひとりもいない、それで納得いただけるだろうか。ミスタ・ドーセット？」

すでに幼竜のまわりを歩きながら熱心に観察をつづけていた竜医のドーセットが、ランキンのほうは見向きもせずに首を振った。「この異様な脇腹の原因や影響については、まだなにも言えませんね、開いてなかを見るまでは。呼吸が荒くなるのは、肺が圧迫されているからでしょう。とても興味深い症例です」

誰もなにも返さなかった。ローレンスもすぐには口を開かなかった。ランキンが振り返って言った。「ミスタ・フェローズ、このなかで地上クルーの長はきみひとりだ。そのきみに、この任務を請けてもらいたい。きみはどちらがいいかな、大槌《おおづち》か、それともピストルか」

おそらくテメレアはまだなんのことか理解していないだろう——ローレンスはそう考え、テメレアが気づく前にきっぱりと言った。「もう、けっこう。あなたはキリスト教徒の風上にもおけない人だ。ミスタ・フェローズ、わたしたちはそんなことはけっしてしない」

ランキンがローレンスのほうを振り向き、容赦《ようしゃ》なく切り返した。「きみが航空隊の基本原則に無知であり、それを軽《かろ》んじることは、驚くに値《あたい》しない。そうやって自分に権威があるかのように気取ることもだ。きみになにがわかるというのだ。さしたる苦労もなく特権を手にしたきみに。こういうとき飛行士がどんな気持ちになるか、この瞬間を長い人生を賭けてどんなに待ちわびているかを。これは、われわれの責務だ。軍務に適するドラゴンなら契りを結ぶことが責務。その逆もしかり。この幼竜がそれにあたる。軍務に適さない。ならば、この幼竜に対して、われわれにできることはひとつしかない」

「軍務に適さなかろうが、これは神の造りたもうた生き物だ」ローレンスは言った。「この幼竜が殺されるところを、わたしは見たくない」

「では、きみはこの竜が捨て置かれ、ゆっくりと苦しみながら死んでいくのを見ているほうがいいのか?」ランキンが言った。「ドラゴンには、殻から出てきたときから自力で生きていく力が備わっている。しかし、この幼竜は例外だ。もし、われわれがこれを放っておいたら、どうなるのか――」

そのとき、縮《ちぢ》んだ体をほぐすことだけで精いっぱいだった幼竜が、警戒するように、心もとなげに振り返った。長いかぎ爪のある足で別の足をいじり、尾にさわり、翼をなんとか広げようとすると、わずかな土ぼこりが舞いあがった。しかし、すぐにあきらめて、苦しげに息をついた。

「ふふん」テメレアが哀れむように言った。「きみは飛べないの？」

「なんとかなると思う、もう少ししたら」幼竜がかぼそい声で答える。「ただちょっと、体がなんか硬くて……。お腹ぺこぺこ」

ランキンがさえぎるように手を振った。「いずれにせよ、この幼竜は長くは生きられない」

「それなら」とローレンスは言った。「この哀れなドラゴンに食べ物を、この幼竜が受け取れるせめてもの慰めを与えてはどうだ──それがいつ来ようとも、自然な終わりが訪れるまでは。そうすれば、わたしたちは人間としての義務をないがしろにせずにすむ」

「では訊くが、誰が食べ物を与える？」ランキンが言った。「飛行士には無理だ。その飛行士をドラゴンとの契りに縛りつけ、たった一度のチャンスを無駄にさせることになる。それなら四人にやらせろときみは言うかもしれないが、卑しい四人をキャプテンと呼ぶはめになるなど、もってのほかだ」

「わたしがやろう」ローレンスは言った。

「えええっ?」テメレアが首をぶんと回したので、ローレンスは驚いて動きを止めた。テメレアは言った。「あなたが、やる、の?」苦しみと怒りで震える声には、〝神の風《ディヴァインズ・ウィンド》〟を起こすときのようなうなりと共鳴が交じっていた。

「やめろ」ランキンが苛立《いらだ》った声をあげた。「きみにはその幼竜に食べ物を与えることはできない。そいつに多少でも考える頭があるなら、きみの手から食べ物は受けつけないだろう。そいつには、きみがテメレアのものだとわかる。もちろん、すぐさまテメレアに殺されるだろうことも。とはいえ、それも――」と、付け加える。「手間が省けて、好都合だがね」

ローレンスは軽蔑のまなざしをランキンに向けた。どんなに気に入らない理由があろうと、テメレアが、こんな小さな寄る辺《べ》ない生き物を殺すとは思えない。ローレンスは言った。「テメレア――愛しいテメレア。きみをほかの竜と取り替えようなんて、そんなばかげたことをわたしが考えているなんて思わないでくれ」

しかしながら、テメレアはひどく苦しげだった。ローレンスはさらに言った。「わたしが考えているのは、このうえなく実際的なことなんだ。なんなら、きみがこの幼竜に食べ物を与えればいい。その役割を務めるのがいやじゃないならだが」

「ふふん」テメレアの逆立っていた冠翼がわずかに後ろに傾いた。「ふふん、そうか、それならぼくはかまわないよ。でもね、ローレンス――」テメレアは低くした頭をローレンスにぐっと寄せて、いくぶんためらいつつ、打ち明けるように言った。「ローレンス、あなたはわかってないかもしれないから言うんだけど――こいつは飛べないよ」

ローレンスは愕然《がくぜん》とした。愕然とし、うろたえ、返す言葉が見つからなかった。

ランキンが言った。「どうかな。きみがわたしたちの面前で、お涙頂戴《ちょうだい》の芝居を演じてみせたことが、これでわかってもらえるだろうか？」

テメレアがランキンに向かってフンと鼻を鳴らした。「不愉快になるだけだから、あなたはもうしゃべらなくていいよ」それから、ローレンスに向かって言った。「ローレンス、あなたがどうしてもって言うなら、ぼくからこの幼竜に食べ物をあげてもいいよ。ただ、なんかちょっと変だとは思うけどね」

「ちょっとどころじゃないぜ」カエサルが言った。「だからさ、それはきみが満腹で、こいつが腹をすかせてるときにやることだ。どっちみち、おいらたちはこの荒野にしばらくいるわけだし、この一週間、ひどいものばかり食べてきた。少しぐらい余りはあるかもしれないけど、牛がいるところまで戻るにはけっこう遠い。そういうことに、もう少し頭をめぐらしてもいいんじゃないの?」

「この幼竜、もしかしたら飛べるようになるかもしれないよ」テメレアは言った。「いまは、疲れてるだけなのかも。移動中にひどく揺さぶられたし、ずっと殻のなかにいて、そのあいだ休んでいたから……」

テメレアの発言は最後までつづかず、説得力を欠く結果になった。ローレンスは突然、不安を覚えた。確実に錨《いかり》をおろしたつもりだったのに、不測の事態が起こり、未知の潮流に流されているかのようだ。もし、この幼竜がほそぼそと生き延びたとしたら……。機能を損なわれた無力な状態で、効果的な方策もなく、航空隊から拒絶されたまま生き延びたとしたら、その先にはいったいなにが待ち受けているのだろう。

「テメレア、よければきみから、幼竜になにか与えてくれないか?」それでもローレンスは言った。さらに悪い結果に打ちのめされないためには、こうするしかない。これなら、なんとしても避けたい野蛮で残酷な行為に関わらずにすむ。

ローレンスは幼竜のほうを振り返った。そして、そこに見た光景に唖然《あぜん》とした。幼竜がゆっくりと、しかし決然とした意志をもって、カンガルーの内臓をむさぼっていたのだ。その首には間に合わせのハーネスがゆるく巻きつけてあった。

ディメーンが顔をあげて言った。「ぼくがこのドラゴンに名前をつけました。クルンギルと」

「クルンギルは、コーサ語で〝だいじょうぶ〟って意味なんだって」と、テメレアがカエサルに言った。「しかし、どうしてきみが不平を言うのか、ぼくにはわからない。ディメーンは、ぼくのクルーなんだよ。どうしてぼくは、卵が孵るたびに、いつも自分のチームの士官や地上クルーを奪われなくちゃならないんだろう。まったく、なんでなんだ。納得がいかないよ」

もう一個の卵をさがしにいく意欲を折るには充分な結果だった。また同じことが起きるのではないかと心配になり、ローレンスとサルカイが先住民から持ち帰った情報を聞かされても、テメレアはこれまでのように喜べなかった。

もちろん、まさかとは思う。卵にはなんの罪もないし、わずかでも手がかりが見えたことには、心から安堵《あんど》した。しかし正直なところ、自分の調子があがらないのも事実だ。あと数日、やわらかく煮込んだ肉を食べて休息をとれたらいいのに……。声高に不調を訴えるつもりはないが、喉《のど》の調子が悪い。こんな状態で苦労したあげくに、またあんな仕打ちを受けるなんて——自分のクルーをまたしても卵から孵った幼竜に奪われるなんてまっぴらだ。テメレアはため息をついた。

「お言葉を返すようですが、彼は士官です」ローレンスがランキンに言った。「ただの個人的な召使いではない。ディメーンはほぼ二年前に航空隊に登用され、アルカディの代理キャプテンも務め——」

「野生ドラゴンか。御《ぎょ》しがたいやつらだ」ランキンは切って捨てるように言った。「だめだ。わたしがこの件を海軍省委員会の裁量にゆだねると思っているのなら、きみは大きな勘違いをしている。きみの召使いがドラゴンをペットにした。あの幼竜もきみの召使いも航空隊とはいっさい関係ない。これが、わたしの見解だ。きみの考えが承認されると思うなら、あいつをイングランドに送り返してみるがいい。もっとも、それが必要になるほど、あのドラゴンは生き延びないだろうが」

「あるものをありったけ食い尽くすぐらいには生き延びるよ」カエサルが不満そうに

言った。テメレアから見ても、クルンギルは食べすぎだった。食べる速度はゆっくりだが、いったん食べはじめると止まらないのだ。いまも死骸のなかに体ごと突っこんで、むさぼり喰《く》っている。

「このカンガルーはきみより大きいよ」テメレアはクルンギルに声をかけた。「全部食べるつもりみたいだけど、明日の分を残しておいてはどう?」

クルンギルがカンガルーの死骸のなかから頭を持ちあげた。引きちぎった肉片をくわえており、頭をのけぞらせてごくりと呑みこむと、瘦《や》せこけた喉もとを肉塊が通過していくのがわかった。そのあと荒い息をつくと、脇腹の収縮がやけに目立った。クルンギルは笛のような甲高い声で言った。「でも、まだお腹ぺこぺこなんだ。これは、ぼくのキャプテンが獲ってきたんだから、ぼくのものだよ。だから、ぼくが食べる、全部食べる」そしてまた、首を死骸のなかに突っこんだ。

テメレアはまたため息をついた。幼竜に肉を与えるのを惜しいと思っているわけではない。きっと、この幼竜は飛べないことに苦しんでいるだろう。それは間違いない。あの脇腹の奇妙にふくらんだぶよぶよのしわ、たぶん、あれが問題なのだ。「あのぶよぶよだけ切り取って、縫い合わせることができないものかな」ドーセットに訊《き》いてみた。ドーセットは幼竜のかたわらに足を組んですわり、聴診器で胸の音を調べているところだった。

「ちょっと静かにしてくれないか?」ドーセットがうわの空で言った。「ついでに、食べるのをやめさせてくれると、ありがたいんだがな」今度は、ディメーンに言う。

「食べたものを消化していると、肺の音がよく聞こえない」

「眠ったら、お腹がぺこぺことは言わなくなります」ディメーンが、所有権を示すように片手で幼竜の首をなでながら答えた。そのあと、エミリー・ローランドのほうを勝ち誇ったように眺めたが、エミリーが振り返ると、さっとその表情を消した。エミリーはこわばった顔で野営の反対の端に行き、出発に備えて荷作りにとりかかった。

「きみがそこまで妬《ねた》むとは思わなかった」幼竜が眠りにつくと、ディメーンはエミリーに言った。

「そりゃ妬むよ」エミリーはディメーンを振り返りもせずに言った。「いまいましい。わたしがエクシディウムを引き継ぐまで、あと七年かそこらはあるんだから。母さんが空で戦うのをやめるときまで待たなくちゃならないんだから」その話を聞きながら、テメレアの心にまたじわじわと憤《いきどお》りが湧いた。

「それじゃあ――」とディメーンがなにか言いはじめると、エミリーがくるりと振り返って言った。「いったい、なんのつもり？　あの子を生かしてなんになる？　あの子のために、みんなのために、いいことなんかある？　結局、自分をひけらかしたいだけでしょ？　担い手候補の半分は、自分のチームのドラゴンが死んで地上勤務になった人なんだから。あの子が必死で呼吸してるのを見て、喜ぶ人がいると思う？　あの子はあと一週間で、あの肺には見合わない大きさになって――」

「わからずや！」ディメーンがぴしゃりと返した。「キャプテンは、あの子が死ぬとは思ってない」

「そう？　もちろん、キャプテンは死ぬと思ってる」エミリーが言った。「わたしたちみんながそう思ってる。あの音を聞いてごらん！」幼竜の苦しげな呼吸音は野営のどこにいても聞こえた。長く不自然なヒューッという音で、息を取りこむたびに脇腹がふくらんだ。「キャプテンは自分のためにあの子を救おうとしてるんじゃない。わからないの？　あの子を見殺しにするのは罪深いことだと思ってるからよ。教会の教えに忠実なの。でも、あんたはそうじゃない。自分がキャプテンになりたいだけ」エミリーはそれだけ言うと、ディメーンのもとから大股で立ち去った。

「それはちがうぞ!」ディメーンは声をあげ、それからテメレアを見あげて、「死なせてたまるか」と強い調子で言った。

「ううむ、死ななきゃならない理由はどこにもないね」テメレアは言った。テメレアとしても、あの幼竜が死ぬところを見たいとは思わない。それはとても心が痛む。「ただね、いずれはひとりで狩りをしなくちゃならないだろうし、それができなきゃ、どうやって食べていくんだろう?」

「ぼくがあいつの代わりに狩る」

「まあ、すごく小さいからね、そんなにたくさん狩らなくてもいいかもしれない」テメレアはそう言うと、励ましのつもりで、とっさの思いつきを口にした。「学者になるといいんじゃないかな。学者なら飛ぶ必要がないしね。あるいは詩人とか」

ディメーンにはありがたみのない助言だったようだ。ディメーンはいつも、人から強く言われてしぶしぶ本に向かい、本の虫である弟のサイフォに深く失望している。

それでもテメレアには、これこそ理想的な解決策だという自信があった。「結局のところ」と、そのあとローレンスに言った。「人間というのは、卵から出てきたばかりの赤ん坊に、ひとりで狩りに行けとは言わない。キャサリン・ハーコートの卵から出てきた赤ん坊なんて、寝ころがって手足をばたばたさせてるだけだった。そこへ行くと、クルンギルはちゃんとしゃべるし、誰かに食べ物をいちいち口まで運んでもらわなくても食べられる。たいしたもんだよ」

テメレアは自分の教育方針にのっとり、クルンギルが目覚めたら漢字を教えることにした。しかし、クルンギルはぜいぜいと苦しげな息をつきながら、弱々しい声で言った。「でも、ぼく、お腹ぺこぺこ」

「食べてから二時間とたってないだろ」テメレアは言った。「またお腹がすくなんてありえない」

「お腹ぺこぺこ」クルンギルは悲しげに繰り返した。

「じゃあ、せめて最初の五つを覚えて」テメレアはため息とともに言った。「そしたら、トカゲを食べてもいいよ」

クルンギルはかぎ爪で地面に記された文字を見つめると、顔をあげて言った。「覚えた」

「だめだめ」テメレアは、かぎ爪のなめらかなカーブで土の上の文字を消した。「ちゃんと書いて」しかし、クルンギルの長いかぎ爪は文字を書くのに不向きで、最後はあきらめるしかなかった。

　こうしてクルンギルは、前もって切り分けてあった三匹の大トカゲにありつくことを許された。カエサルがそれをおもしろくなさそうに見つめていた。テメレア自身も、トカゲがたいらげられていくのを見るのは、あまりいい気分ではなかった。トカゲの肉の匂いがとりわけ好きなのだが、いまはそれを楽しめない。うんとやわらかいものでなければ、食べるときに喉がひどく痛むし、小さな穴を掘って土で濾過《ろか》された水でも、まだ焦《こ》げ臭くて灰のような苦い味がした。

　ゴン・スーが煮込んでくれる料理にも、かすかに同じ臭いと味がついていた。できるだけ我慢して飢えを最低限に満たすだけ食べたが、いつも腹には大きな空《あ》きができていた。また食べられるようになったら、おいしいものを食べたいと楽しみにしていたエミリーお手製の塩蔵肉も、この分だと、味見する前にすべてクルンギルの腹におさまってしまいそうだ。

「もう出発してもだいじょうぶだよ」それでも、ローレンスに尋ねられると、テメレアは答えた。卵を早急にさがさなければならないことは、よくわかっていた。いま見つけなければ、二度と見つけられなくなるだろう。そして、いまはもう、卵のほかに心配することはなにもない。やるべきことははっきりしている。卵を見つけることで、埋め合わせがしたかった……。ローレンスが孵化したばかりの幼竜に食べ物を与えてくれないかと言ったあのときもまさにそんな気持ちになったのだ。

ああ、頭に浮かぶだけで耐えられない。ローレンスはあのあと、取り乱したぼくを安心させようと言葉を尽くしてくれた。実際に、幼竜に食べ物を与えたのは彼ではなかったし、彼の説明はことごとく理にかなったものだった。それに結局のところ——と、テメレアは思った。誰だろうと、この自分よりクルンギルのほうを好きになるはずがない。クルンギルは、死なないとしても、体が小さすぎる。

だがそれでも頭から離れないのは、自分のせいでローレンスが財産をなくしてしまったことだった。財産だけじゃない、階級も、祖国の暮らしも。そのあげくにこの地まで来て、またしてもぼくのせいで、卵まで奪われてしまった……。

「もうすっかりよくなった感じだよ、ローレンス」テメレアは力を込めて言った。「この変な声は、まるで自分じゃないみたいだけどね。まだちょっと喉に煙が残ってるみたい。でも、出発しようよ、いますぐに」

確かに、その声はいつものテメレアのものではなかったし、飛行速度も、以前の極限まで押しあげようとしていたときに比べると、かなり遅かった。以前は、カエサルに合わせてもっと抑えるようにと、一時間に十数回も言わなければならなかったのだが、いまはその必要もない。クルンギルはテメレアの背に低く伏せるようにしがみつき、竜ハーネスに固定されていた。ディメーンがそのかたわらにすわっていたが、彼に注がれる飛行士たちのまなざしは、冷ややかで批判的だった。しかし、若者はものともせず、誇らしげに頭を高く持ちあげていた。ローレンスは、飛行士たちの冷遇をたしなめるように言った。「ミスタ・ブリンカン、もし手があいているなら、幼竜に干し肉を与えてくれたまえ」

クルンギルは与えられた肉をあっという間にたいらげ、もっと欲しそうにため息をついた。飛びはじめてまだ三十分とたっていないのだが……。結局その後、水場を発見するまでのあいだに、二度も肉を与えなければならなかった。眼下にようやく水場が見えてきたとき、テメレアは休息のために降下するのをためらわなかった。いつものような説得を必要としなかったことが、ローレンスには気がかりだった。

あたりはまだ火事の惨状をとどめていた。濃緑色の灌木の茂みが防火帯の役割を果たしたのか、もともと草木のなかった場所だけが、火事の災禍をまぬがれていた。水場は、灰が水面を薄く覆っていたが、カップやバケツで灰をすくいとるだけで使えるようになった。だが、あまり深くはなかったので、小川から汲んだ水は水筒や缶に保持しておき、比較的ましな部分の水で喉の渇きを癒《いや》すことにした。

みなが飲み終えたあとも、テメレアが水をがぶがぶと飲みつづけたために、水場はしまいには地面をえぐる湿ったただのくぼみになった。幸運なことに、一行が立ち去ろうとしたとき、くぼみにはふたたび水が浸み出してきていた。炎暑の日中を休憩にあてれば、そのあいだに、さらに水が増えるのではないかと思われた。「そんなに長く休んでいいのかな」テメレアが物思わしげに言った。

「きみの体力を温存させるほうが、わたしたちにとってもいいことなんだ」ローレンスは言った。「テメレア、きみはまだ本調子じゃない。この暑さのなかで頑張りすぎないでくれ。ここにはわずかだが日陰がある。クルンギルを暴力的な日差しから守るためにも、ここにとどまったほうがいい」

しかし、クルンギルはいまのところ日差しを気にしておらず、気にするのは食べ物のことばかりだった。間に合わせにつくった野営の端で、クルンギルは震えんばかりにディメーンを待ちつづけた。やがて重い足どりで獲物を担いで戻ってきたディメーンは、幼竜に獲物を与えると、そのままどっと干し草の上に倒れ伏した。

クルンギルはまたたく間に獲物を平らげ、もっとくれと要求するようにディメーンのほうを見た。ディメーンは、自分が持ちこんだ四頭の小動物の残骸をまじまじと見た。わずかな皮を除いてほとんどなにも残っていない。炎暑にもかかわらず、彼はふたたび体を起こして立ちあがった。「戻ってくるまで一時間はかかるだろうな」ローレンスはそう言って、空をちらりと見あげた。太陽は南中を過ぎ、西に傾きはじめている。できれば、そろそろ出発したほうがいい。

新たに二匹のトカゲと小さめのカンガルーの死骸が、ほんの少し鳥に食われていたものの、火事の焼け跡から見つかり、それも前と同じようにまたたく間にクルンギルの腹のなかに消えた。一方、ディメーンは水場に膝をつき、水を両手ですくって飲むと、ぜいぜいとあえいだ。疲労で両腕が震えている。すぐに灌木の茂みに倒れこみ、眠りに落ちた。クルンギルはすべてを食べ尽くすと、顎《あご》と鼻先を舐《な》め、血に汚れたかぎ爪も一本ずつ舐めて汚れを落とし、そこでようやくあたりを見まわした。ディメーンを見つけると、そっと近づき、茂みの日陰で体を丸めて寄り添い、発作のように喘《ぜん》鳴《めい》の混じる息をつきながら眠りについた。

サイフォがそのすべてを恨《うら》みがましく見つめていた。ディメーンの弟で、気質がおだやかなサイフォは、兄よりはるかに躊躇《ちゅうちょ》なく、人生の激変と新しい社会に順応した。そして、いつしかその社会が自分の本来の居場所だと感じるようになっていた。一方、ディメーンは生来的にも経験的にも弟より警戒心が強く、いつまでもよそよそしい態度を崩さなかった。

そして、ローレンスの見るところ、この一年間、サイフォは兄から向けられる息苦しくなるほどの過剰な関心に辟易《へきえき》しているようだった。だが、ひとたび兄の関心が自分以外のものに向かうと、それはそれで許しがたいのだった。ただし、関心を取り戻すためにおおっぴらに張り合うにはプライドが高すぎるので、テメレアがつくる日陰に入り、ふたたび手持ちの中国語の教本を開いて、完璧な無関心をよそおっている。

「どうかな?」ローレンスは、診察を終えて体を起こした竜医のドーセットに近づき、そっと声をかけた。

「医学的見地から言うなら、救いようがありません」ドーセットが答えた。

「生き延びる希望は持てないのだろうか」ローレンスは尋ねた。

「いや、ここまで生き延びたのだから、まだしばらくは生きると見るべきでしょう」ドーセットが言った。何人かの飛行士が近くの日陰に横たわっており、一斉《いっせい》にドーセットのほうに目を向けた。「この調子で大きくなられると、研究に有効な解剖《かいぼう》のチャンスはまもなく完全になくなります。せいぜい、いまの症状からできるだけ多くを学ぶことにしますよ。ですが、生来の機能不全に関しては、さらに一か月生き延びたとしても、改善される余地はないでしょう」

ローレンスは唇を引き結んで聞いていたが、しばしの沈黙をはさんで言った。「ミスタ・ドーセット、きみはこの件に関して、研究者としての無念より、まず患者の心情を思いやったほうがいいかもしれないな。さて、なにがこの幼竜の飛行を妨げているのかは特定できたのだろうか」

「ドラゴンの飛行に決定的な役割を果たす浮き袋に異状があるのは間違いありません」ドーセットが言った。「おそらく変形した浮き袋が肺を圧迫しているのでしょう。窮屈な殻に閉じこめられていたせいで、成長が阻害されたのかもしれない。あ、ついでながら、ぼくは冷酷な人間ではありたくないと思ってますよ」と、最後に付け加えたが、ローレンスから非難されたのをさほど気にしているようすもない。「しかし、ふたつの浮き袋とそれをつなぐ導管の補助作用がなければ、成長とともに、体の重みで残りの臓器を押しつぶしてしまいますね。発育不全のままなら話は別だが、その可能性はどうやらない。体重は計測できませんが、全長はすでに十フィート伸びてます」

「ミスタ・ドーセット、それはつまり、さらに大きくなれば、幼竜の生存は望めず、飛ぶ可能性もないということだろうか？」ランキンが唐突に割って入ってきた。クルンギルがすぐには死なないとわかったいま、都合よくクルンギル――とディメーンもだ――を排除できるかもしれない情報に色めき立っている。

ドーセットは肩をすくめた。「導管は、ごくわずかですが機能しています。そうでなければ、骨格の重みがすでにほかの臓器を使いものにならないほどつぶしているはずですから。まったく生存の可能性がないというわけじゃありません」

この所見が述べられると、飛行士たちのあいだにざわめきが生まれ、低い声で会話がはじまった。「生存の可能性がないというわけじゃない」テメレアがローレンスに向かってドーセットの言葉をそのまま、楽観と満足が半々ぐらいの口調で繰り返してみせた。「ドーセットがそう言ってくれて、ぼくはすごくうれしいよ。前よりずっといいじゃない。クルンギルが死ななきゃならない理由なんてどこにもないよ。まあ、がつがつ食べすぎるのがたまに瑕《きず》だけどね。ついでに、空を飛べたらいいんだけどなあ」

「クルンギルが生き延びると期待しすぎないほうがいい」ローレンスは低い声で言い、ふと心配になってディメーンのほうを見た。ディメーンはいまも、片腕でクルンギルの肩を抱きながら眠っている。幼竜に対する愛情だけでなく、なにか固い決意が彼を駆り立てているようだ。「生き延びるというのは、ドーセットの予測の主たる部分ではないのだからね。ところで、出発前にもう少し食べてはどうだ？」

「ふふん。いいんだ、いらない。でも、もう少し水を飲もうかな」

テメレアが水を飲み終えると、囚人たちがしぶしぶ立ちあがり、いつもの荷積み作業がはじまった。彼らは割り当ての肉を思う存分食べて動きが鈍くなっていたし、照りつける日差しも、これから不毛の地に分け入って旅をつづけたいと思わせるものではなかった。案内役もおらず、成功の約束もなく、ただアボリジニの不可解《ふかかい》な助言だけが頼りなのだ。「三頭のドラゴンがいればもう充分じゃないか」囚人のひとりがつぶやいた。「見つからなきゃ、それでもいいさ」

ローレンス自身も熱意を奮い起こすのに苦労した。テメレアが見るからに調子が悪そうなので、なおさらだった。声がひどくしわがれ、短時間で調理した肉片ですら呑みこみづらそうだった。だが、クルンギルが孵化したいま、テメレアを休ませたいときの方便となっていた卵はもう存在しない。これからは前に進むしかない。奪われた卵が孵化したかどうかを確かめるまで、あとに引くことはできない。

「希望を持ちつづけなくちゃね。卵は待っててくれるよ」テメレアが言った。「ぼくらが助けにくるって信じて待ってるさ。すごく不安にちがいない。ぼくは卵を責められないな――」悲しげに付け加える。「たとえ、ぼくらが見つけるまで孵化を待てなかったとしても。ねえ、ローレンス、アボリジニの狩人たちが言ってたことを、もう一度同じように繰り返してくれない？　もうちょっとなにかわかるかもしれないから」

「それは無理だよ」ローレンスは言った。「オディーとシプリーにもそれができるかどうかは怪しいな。言語に関するきみの才能には舌を巻くよ。でも、一音節も聞いたことのない言語を理解するのは、きみだって無理じゃないかな」

「でも、ぼくは彼らの歌を聞いてるよ」テメレアは言ったが、ため息をつき、それ以上なにも言おうとはしなかった。

テメレアが大儀《たいぎ》そうに体を起こし、腹側ネットを取り付けさせた。そうして出発が近づくと、搭乗しない言い訳を考え出す囚人がちらほら出はじめた。ある者は突然片づけておくべき作業を思いつき、ある者は水の缶を満たしに水場まで行った。

ローレンスはその場にいる者たちを集めて搭乗させると、まだ数人がたむろしている水場のほうにおりていった。いまはふたりひと組でなければ行動してはいけないことになっているのだが、彼らは自分たちが缶に水を汲む番なのでここまで来たと主張した。缶の水をすべて飲み干してしまったということで、ローレンスとしても、この炎暑のなか、一滴の水もなく数時間の飛行に耐えろとは言えなかった。

「これを最後にしてくれ」ローレンスは言った。「あっち側で早く水を汲むんだ。仮病はもうたくさんだからな、ミスタ・ブラックウェル。三時間もの休憩があって、自分の飲み水も確保しておくこともできないのか。明日もこんな調子で出発を遅らせるようなら、きみには喉が渇いたままで飛んでもらう。それでも懲《こ》りないときは、鞭《むち》にものを言わせよう」いつになく厳しい口調になった。テメレアの苦労をさらに増やすような連中には、もはやなんの同情も感じない。

「アイ・サー」ブラックウェルが前髪に触れて敬礼し、水場の反対側に歩いていった。そして、消えた。一瞬だけ、赤い顎とかぎ爪が見えた。ブラックウェルがぐいっと下に引っ張られるのも見えた。あたりの茂みがガサガサッと音をたて、また静かになった。

ローレンスは、まだ空《くう》を見つめていた。ジェムソンとカーターも同じだった。現実感がまるでなかった。

「テメレア!」ローレンスがついに声を張りあげるのと同時に、四人たちが弾《はじ》けるように逃げ出した。缶が転がり、水が地面にぶちまけられた。「テメレア!」

テメレアが砂山を越えて突進してきた。砂山の半分があわや壊れて水のなかに雪崩《なだ》れ落ちてしまうところだった。ローレンスは茂みを指差した。テメレアがかぎ爪で茂みをつかみ、引き抜いた。「なんなの?」テメレアは言った。「どこから来たの? わからないよ」

「茂みのなかに潜んでいた」ローレンスは言った。「いや、そう見えただけかもしれない。一瞬しか目にしなかったから」

フォーシング空尉が飛行士たちを集めて駆けつけてきた。それぞれがピストルや剣を抜いて用心深くまわりを固め、テメレアが蜘蛛《くも》の巣のような根っこに赤い土をくっつけた灌木をつぎつぎに引き抜いていった。こうしてすべてを取り除いても、なにもなかった。土と、草と、石しかない。ジェムソンとカーターがこの場にいて同じものを見ていなければ、ローレンスは自分の頭がおかしくなったと思っただろう。

しかし、ジェムソンは言った。「いや、見てねえんです。ブラッキーの野郎がここにいた。そして、いなくなった」そして、カーターが言った。「家一軒もあるような大きなやつだった。ほんとです。そいつがブラッキーをひと呑みにして、いきなり消えたんだ」

「たぶん、そいつは――」とテメレアが言い、尻ずわりになって、一本のかぎ爪を鼻に近づけた。硬い灌木と格闘したために擦《す》り傷ができていた。「霊のようなものじゃない？　だから、姿がはっきり見えないんだよ」

「いや、ちがうな」ローレンスは言った。「それがなんだろうが、完璧な実体を持つ生き物だった。そいつが、ブラックウェルをさらった。もしかしたら、地下にトンネルがあって、そこを通って逃げたのかもしれない」

テメレアがかぎ爪で地面の土を掻いた。そして、その場に居合わせた全員が目撃した。枝や草の固まりが散らばった土をかぎ爪がごっそりと掻きとって脇《わき》へどけたとき、そこには地中につづく穴が——ゆるい砂地を掘り抜いた、狭くて、内側がでこぼこした穴がぽっかりとあいていた。

穴の内壁には石が詰み重なり、黄緑色の物質がしっくいのようにこびりついている。堆肥《たいひ》でもつくっているかのように、葉や草の大きな固まりも散見された。そのすべてが穴を補強する役割を果たしていたが、それほど強固でもなく、テメレアがさらに深く掘ろうとすると、土はたやすく崩れた。

カエサルも加勢し、短時間のうちに、かなり深く掘ることができた。しかし、トンネルは掘るたびにぼろぼろと崩れた。しばらくすると、分岐点のようなものにぶつかる手応えがあった。穴のそばにかがんで中をのぞきこんでいたローレンスには、そこから枝分かれするように、いくつものトンネルが口をあけているのが一瞬だけ見えた。だがすぐに内壁が崩れて、穴のなかにどさりと落ちた。カエサルが陥没《かんぼつ》した穴に滑り落ちていきそうになった。

「ブラックウェルが引きずりこまれたのは、ここにちがいない。だがもしそれが、アボリジニたちの言うバニャップだとして、ここに逃げたのなら、巣のようなものがあってもおかしくないんだが」ローレンスはそう言い、穴が崩れたときに膝まで砂に埋もれてしまった足を引き抜いた。こうして、シャベルとかぎ爪とで、水場周辺の地面を掘り返す作業がはじまった。

「見つけたみたいです」水から少し離れた茂みで、エミリーがシャベルを地面に深く突き立てて言った。結局、その茂みを取り除くまでもないことがすぐにわかった。テメレアがかぎ爪で地面をわしづかみにして持ちあげると、今回も地面の表層がまるごと引きあげられて、そこに茂みの植物がみんなくっついてきた。灌木がそこらじゅうに根を張りめぐらして表層部をマット状のひと固まりにしているのだ。これで覆ってしまえば秘密の罠《わな》はたやすく隠すことができる。実に賢いやり方だ。

しかし、こちらの穴も、さらに少し掘り進んだだけで崩れてしまった。ドラゴンやシャベルを振るう人間のせいではなく、もとからそのようにつくられていたのだろう。あるいは、仮のトンネルだったのか。もし住みかとなる洞窟があるとしたら、それは少々掘り返したぐらいではたどり着けない、さらに深い地底にあるはずだ。バニャップが可能なかぎり深く、遠くまでもぐって逃げたことは間違いない。これだけ大きな音をたてたり、地表を掘り返したりしているのだから。

「ねえ、このまま永遠に掘りつづけるつもり？」と、カエサルが言い、いささか気むずかしげに、かぎ爪の泥を落とした。「それとも、出発する？　かわいそうだけど、襲われたやつは、もう手遅れなんじゃない？　その怪物も穴を掘れるんだろ。だったら、おいらたちがいくら掘り進んでも、そいつのいた場所にたどり着くころには、そいつはもっと先まで行っちゃってるよ」

　がさつなもの言いだが、この件に関して真実であるにちがいない。ローレンスも、ブラックウェルはもはや生きていないだろうと思っていた。彼は叫び声をあげなかった。どんな男だろうと、もし生きていれば、怪物に地底に引きずりこまれそうになったら叫び声をあげるはずなのだ。すぐそばに立っていても気づかないかもしれない、この世のものとは思えぬ攻撃のスピードと静けさ——それを目の当《ま》たりにしたからこそ、怪物が獲物を即座に殺し、同時にすばやく逃げて、どこか静かで安全な場所でむさぼるだろうことも容易に想像できた。

　みなで検討し、あと少しだけ調査をつづけることにした。テメレアが口をあけた穴のまわりを、前ほどには身が入らないようすで掘り返した。あわよくば深いところに巣が見つかるのではないかと期待したのだが、前に見つけた通路を破壊しただけだった。結局、掘り返した砂と引き剝《は》がした草の山がテメレアの背後にできあがり、砂山がかたちを変え、テメレアが作業したところに深い谷ができただけで終わった。

「よし、もういいだろう」ローレンスは、顔の汗を袖口《そでぐち》でぬぐって、ついに言った。

「わたしたちにこれ以上できることはない」

テメレアの腹側ネットには砂がたっぷりと詰まっていた。ローレンスの声を聞きつけて、砂山を越えて突進してきたときからだ。囚人たちは清掃《せいそう》する時間を惜しみ、大きな固まりだけを払い落として、静かにそそくさと搭乗した。みながみな、この場から立ち去れることに安堵していた。

11 妖獣バニャップの罠《わな》

日が翳《かげ》りはじめていた。「もし、道らしきものが見つかれば、水場も見つけられるでしょう」サルカイが静かな声で言った。一行は、夕焼けのはじまりの金や紫の輝きと、北の地平線でなおもくすぶりつづける火事の煙の、ちょうど中間に針路を定めて飛んでいた。オレンジ色の夕日が、現実の光というより空に描かれた絵の具の淡い色彩のように見える。炎に焦がされた大地はまもなく終わろうとしていた。眼下にはまだ燃えている部分もあったが、それらはしだいにまばらとなって、低木の茂みに取って代わられた。

「そして水場には、あのバニャップもいるわけだ」ローレンスは苦々しい気分で言った。

サルカイがうなずき、「これまで見つけた野営の跡は、ことごとく水場から距離をあけるか、岩場の上にありました。もっと早くそれを見習うべきでしたね」と、醒めたようすで言った。

「それがわかったんだから、バニャップなんか、ぼくがこてんぱんにしてやるよ、地上におりてだけどね」テメレアが首だけ振り返って言った。「あいつら、こそこそ嗅《か》ぎまわって、茂みの下に隠れて、いったいどんな了見《りょうけん》なんだ。ぼくのクルーをひっつかんで、さらっていくようなまねは、今後いっさいさせない。いや、ぼくのクルーだけじゃない、みんなだ。バニャップはすごく強欲で、肝《きも》の小さいやつにちがいないと思うよ」

　新たな水場を見つけたとき、背後の空は冷たい藍《あい》色に変わっていた。テメレアとカエサルは、搭乗者たちがおりる前に、水に口をつけてがぶがぶと飲んだ。ディメーンがただひとり、自分の搭乗ベルトのカラビナをはずし、テメレアの脇腹から滑りおりて、狩りに出かけた。ローレンスはそれに気づいて注意しようとしたが、ディメーンはすでに声の届かないところまで駆けていた。

「やれやれ」テメレアはそう言いながら、飛行しているあいだに冠翼やひたいにたまった砂塵《さじん》を振り落とした。「これですっきりしたよ。さて、バニャップどもがここにもいるなら、見つけ出してやるか」

テメレアが茂みの地面にかぎ爪を立て、表層を覆う土のマットを一気に引き寄せると、秘密の扉を開くように、穴がひとつあらわれた。カエサルも同じように穴を見つけ、土のマットを脇へ押しのけた。「ふむ、いないみたいだな」カエサルはそう言うと、鼻先を穴に突っこみ、また出した。「逃げたんじゃないのか?」

テメレアは土の覆いを脇へ投げ捨てた。「でも、みんながおりる前に、もっと調べたほうがいいね」そう言って、かぎ爪でもつれた草の固まりを除くと、そこにも新たな穴が見つかった。

それから数歩も移動しないうちに、また穴がひとつ。こうして、投げ捨てた植物と土のマットの山をつくりながら、水場の周囲の土をつぎつぎに引き剝がしていった。作業を進めるほどに黒い口をあけた穴がいたるところで見つかり、オアシス全体がぼこぼこと穴のあいた悪夢のごとき蟻塚《ありづか》の様相を呈《てい》し、地下トンネルが蜂の巣状に広がっていることも明らかになった。

バニャップは一度も姿をあらわさなかったが、このどこかに確実にいる。その感じはつねにあった。悪意に満ちた広大な罠のどまんなかに置かれた美しい疑似餌《ぎじえ》がこのオアシスであり、その本質は地底に隠されており、不運にも、一行はそこに身を投げてしまったのではないかとさえ思えてきた。

　水際から遠いトンネルのいくつかは、ほとんど修理されずに、崩れかけていた。隠《いん》蔽《ぺい》用の土のマットのなかには、乾ききって薄く脆《もろ》くなり、テメレアとカエサルが剝がそうとするだけで粉々になってしまうものもあった。しかしそれ以外の土のマットは、新しくて頑丈で、テメレアの力でも引き剝がすのに苦労した。つまり、この罠はけっして捨ておかれているわけではないということだ。「ここまで大きくするとは、いったい敵はどれくらいいるんだろう？」ローレンスは、水場で垣間見た一頭の怪物が軍団となった図を想像し、ぞくりとした。こんな荒野で生き延びているのだから、植民地に近い土地に出没する可能性も充分にあるのではないだろうか。

　テメレアが作業を止めて、顔をそむけ、咳《せ》きこんだ。土のマットと頑固な根を引き剝がすあいだに、かなりの土ぼこりが舞いあがっていた。「もうこれくらいでいいんじゃないの？」カエサルがそう言って、水を飲むために休憩した。「見つけた穴は全部埋めちゃおう。水場のこっち側だけにいて、休めばいい。もうすぐ暗くなるよ。そうなると、穴だってすぐには見つけられない」

　全員がおそるおそる地上におりて、ドラゴンから荷をおろした。テメレアが後ろ足立ちになり、かぎ爪を盛りあがった砂山の側面に突っこんで山を崩すと、砂と細い木々が流れ落ち、口をあけたすべての黒い穴を埋めていった。こうして暗赤色の砂の下にトンネルが埋もれてしまうと、四人たちがシャベルの背で地面を叩き、足で平らにならした。そのあと、なんの命令もなかったが、彼らはさらに地面を固めるためにさまざまな大きさの岩をごろごろと転がしはじめ、その作業を終えると、倒木を使って安全域を示す境界を印した。

その境界にピストルを持った四人の見張りを立てた。が、ローレンスは内心、よほどの幸運で急所に命中しないかぎり、ピストルではあの怪物を倒せないだろうと考えていた。しかしそれでも、ないよりはましだ。ローレンスは水際に立ち、自分の二挺のピストルを抜いた。そのあいだに二、三人ずつ順番に、水筒や容器に水を満たしていった。やがて、ディメーンが砂山の尾根を越えて戻ってくると、ローレンスはきつく言った。「二度とひとりで許可なく隊から離れてはいけない。あの怪物が水場からどれくらい遠くまで移動できるかは、まだわからないんだ」

「でも、ぼくは狩りをしなければなりません」ディメーンが言った。「そうしないと、あいつ、ぼくたちのものまで全部食べてしまうから。おとつい見つけてきて塩をまぶした肉も、あいつがもう半分食べてしまった」

ディメーンが飛行中にさらに肉をクルンギルに与えていたことに、ローレンスは気づいていなかった。隊の食糧の在庫を調べてみると、確かに彼の言うとおりだった。

「やだなあ、ああいうのを強欲って言うんだな」カエサルが非難がましく言った。「あいつにやるのは、もったいないよ。それで、おいらたちはなにを食べるんだ？ずっと働いてきたのに」

「肉を見つけたのはぼくだ」ディメーンが怒りもあらわに言った。「それを誰に分けようとぼくの勝手だ」

「もういいだろう、ディメーン」ローレンスは言った。「わたしたちの蓄えは、わたしたちみんなのものだ。クルンギルにきょう余計にむさぼることを許したら、明日はもっと欲しがるかもしれない。わたしたちが確実な供給を期待できない不慣れな土地にいることを忘れてはいけない」

ディメーンは引きさがり、彼の集めてきたばかりの肉がみなに分配された。テメレアが自分の分け前に文句を言うことはなかった。テメレアがおとなしいのは、食欲がないからだということが、ローレンスにはわかっていた。ゴン・スーが調理用の穴を地面に掘り、防水布を敷いて、テメレアが飲みたがるような茶葉を贅沢に使ったお茶を淹《い》れた。しかし、この一回分で茶葉の蓄えをほとんど使いきってしまったし、所詮、食事の代わりになるようなものではなかった。

「心配しないで」と、テメレアは言った。「きっと、すぐによくなるよ。ただ、この土地はすごく乾燥してるし、日が長いからね」そして、また咳をした。

「スープつくります」ゴン・スーが言った。「ひと晩じゅうぐつぐつ煮れば、たくさんの栄養、水のなかに溶ける」

その夜、ローレンスは三度目を覚まし、そのたびにゴン・スーが焚《た》き火で熱した新たな石を調理穴に落とすところを目撃した。穴の上にも蓋《ふた》代わりに防水布が掛けられ、下から湯気が立ちのぼっていた。石が調理穴に落ちると、シューッと勢いよく蒸気が噴きあがった。クルンギルもときどき目覚め、ディメーンが守るように腕をまわした肩からかぼそい首をあげて熱心に見つめ、くんくんと匂いを嗅いでいた。

朝が訪れると、肉は縮んでほぼ灰色に変わり、砕かれた骨は髄を出し切って洗いあげたように白くなった。ゴン・スーがすべての覆いをとったとき、斜めに射しこむ朝日を受けて、白い粒状の脂肪の層がうっすらと輝いた。テメレアはまずこの脂肪の層を食べ、それからスープを飲み干し、たいそう満足した。出し殻から最後の汁を吸い尽くすのはテメレアにとって不作法《ぶさほう》なことだったので、調理穴の底には肉が残された。テメレアがスープから顔をあげるのをいまかいまかと待っていたクルンギルがすぐに飛びつき、調理穴にすっぽり入ってしまいそうなほど身を乗り出し、またたく間に底に残ったものを片づけた。

クルンギルはもっと欲しそうなようすを見せたが、もうなにもなかった。ディメーンが狩りに行こうとすると、ローレンスは首を横に振った。「午前の早い時間は移動にあてなければならない」そうしたほうが、テメレアの体にかかる負担が軽くなるだろうというのがローレンスの考えだった。

竜医のドーセットが、頭をのけぞらせて太陽のほうを向くようテメレアに指示し、喉の奥まで這《は》っていき――結局は日差しより蠟燭《ろうそく》の明かりのほうが助けになったが――診察を敢行した。「喉の組織全体が悪化しています」奇妙な反響をともなってドーセットの報告が聞こえてくる。「ふうむむむ」

終わりのひと言が長く伸びて、うつろな響きを残した。テメレアがもの問いたげに「あぁぁ?」と声を発した。

「灰が喉に入ったようだ。まだら状に火傷《やけど》している」ドーセットが言い、なにかの処置をほどこした。

「あああぁぁ！」テメレアが抵抗の叫びをあげ、ドーセットが慌てて出てくると、非難がましく言った。「すっごくいやな感じなんだけど。なぜ、こんな痛い思いをしてまで、あなたに診てもらわなくちゃいけないのかな」

「わかった、わかった」ドーセットがなだめるように言い、ローレンスのほうを向いた。「火ぶくれもいくつかあります。吼《ほ》えるのは厳禁。今後は、常温の食べ物だけにしてください。ここには氷がないのが残念だな」太陽が昇りはじめており、摂氏《せっし》四十度近い炎暑がまもなくやってくる。まったくもって残念だ。

四人たちがテメレアの背にふたたび防水布の天幕を取り付けた。これがあれば、人もテメレアも、いくらかは暑さをしのげた。人工の日陰に乗員たちがおさまると、テメレアは空に飛び立った。人が身動きするのは左右両方向に道や手がかりがないかを確認するためか、水筒からなま温かい水を飲むときだけだった。水場の周辺にアボリジニのいた痕跡はなかった。バニャップから身を守れそうな岩場もくまなく調べたが、なにも発見できなかった。

「まだ、お腹ぺこぺこ」後方からクルンギルの笛のような声が聞こえた。

ローレンスはため息を洩《も》らした。「ディメーン、彼には我慢を教える必要がある」

「イエス・サー」と、ディメーンが答えた。しかし、三十分経過を知らせるベルが鳴ると、クルンギルは居ても立ってもいられぬようすで言った。「あの、なにかもらえませんか？」そして、つぎのベルが鳴る前に、ふたたび同じことを繰り返した。ローレンスは根負けし、ディメーンに腹側ネットまでおりて塩蔵肉を少しだけ取ってくることを許した。

それでもクルンギルの懇願《こんがん》はおさまらなかった。懇願には誰もが聞くに堪えないような、みじめさの棘があった。クルンギルは泣き言を言うわけではなく、ただただ必死だった。やがて静かになったが、ディメーンが突然、声を張りあげた。「だめだ！それを食べちゃ――」ローレンスが振り返ると、クルンギルが竜ハーネスに歯を立てていた。

「食べるつもりはないよ。でも、口を動かさないのはつらい。ここが痛くて」そう言うと、小さくみじめな生き物は竜ハーネスから口を放し、腹をかかえるようにきつく体を巻いた。

「テメレア」憐《あわ》れみと怒りをにじませ、ローレンスは言った。「獲物を見つけたら、いったんおりよう」幸いなことに、まだ午前中の比較的涼しい時間だったので、地表ではカンガルーがさかんに活動していた。しかしテメレアは以前ほど容易には獲物を仕留められなかった。テメレアが何度か失敗するあいだに、カエサルが二頭、さらに一頭をものにしたが、自分の戦利品を分け与えるつもりはないらしかった。

ランキンがカエサルに分配を命じなかったために、一時しのぎの野営には無言の怒りが渦巻いた。カエサルはとくとくと言った。「自分で獲物を仕留められないやつにも、おいらは喜んで自分の獲物を与えるよ。ただし、そいつがちゃんと自分の仕事をしてればね。旨《うま》いものを食べるには、それなりの働きがなくちゃ」

「ふふん！」テメレアが咳きこみながら言った。「なぜ、あいつは自分は食べるに値《あたい》すると思ってるんだろう？　わからない。それに、あんな獲物のどこが旨いんだ。痩せっぽちで味もなさそうだ。ぼくだったら、あんなカンガルー……二頭食べれば充分だ」

「ぼくも、あれなら一頭でかまわないよ」クルンギルが口をもごもごさせながら言い、なにかをごくりと呑みこんだ。

「なにを食べさせたんだ?」ローレンスは、クルンギルをちらりと見て尋ねた。

「蛇《へび》です」と、ディメーンがやけくそな調子で答えた。「それと二匹のネズミ。それ以上は見つかりませんでした」

するとテメレアが力を振り絞るように、いま一度舞いあがり、カンガルーの小さな群れを追いかけた。群れはなおも逃げようとしたが、テメレアはぴょんぴょん逃げる獲物を一頭ごとつかみとるようなことはせず、群れの上にどさりと身を投げ出した。こうして一度に八頭のカンガルーを仕留めて、野営に戻ってきた。

それはみんなの食欲を満たして余りある量だった。この狩りの手法を用いれば、カンガルーに回復不能な痛手を与えて群れごと仕留めることができるとわかった。しかし、テメレアはこれを無粋《ぶすい》なやり方だと恥じているらしく、カエサルがせせら笑うと、すぐに視線を逸《そ》らした。

「食べたいだけ、食べるといい」ローレンスはテメレアに言った。「水場に着いたら、ゴン・スーに残りを煮込んでもらおう。クルンギルの明日の食糧が確保できれば、わたしたちだって、あの懇願に悩まされずにすむ」

クルンギルは、獲物のなかで最小ではないカンガルーをまるごと一頭たいらげた。

テメレアは激しい活動のあとにもかかわらず、一頭を食べるだけで精いっぱいだった。すぐに喉の痛みが食欲に打ち勝ってしまうのだ。囚人たちが残りのカンガルーの汚れを少しだけ落とし、大きな袋に詰めて腹側ネットの下に吊《つる》した。

「それにしても」と、テメレアが声を落として言った。「なんとも不可解だよ。そんなに長く飛んでるわけじゃないのに、どうしてこんなに疲れやすいんだろう？ちゃんと息ができてないみたいなんだ。息を深く吸いこもうとすると、痛くなる」両翼をまっすぐに開き、可動域を調べるように動かしてみせた。それを数回繰り返す。ローレンスがもう少し休憩を伸ばしてはどうかと提案しても、テメレアは受け入れなかった。「だめだよ、ぼくらはもうずいぶん時間を無駄にしちゃった。さあ、みんなを搭乗させて」

テメレアの肩と首にすでに太陽が照りつけていた。そのために体の片面だけがじりじりと暑くなり、その偏《かたよ》りが不快で、飛行がよけいに長く苦しく感じられた。「まだ正午じゃないよね」と、とうとう口に出してしまった。けっして自分のために休憩を求めたわけじゃない、と自己弁護した。ローレンスだって、隊の全員のために、日中の炎暑を避けて休憩をとるように強く勧めている。だが時刻はまだ、午前十一時だった。

頭を低くして、つぎの羽ばたきのことだけを考え、ひたすら飛んだ。そしてついに、ローレンスが言った。「あそこでしばらく休みをとろう。テメレア、きみが同意してくれるなら」テメレアが頭をあげると、青と白の水のきらめきが目に飛びこんできた。一行の行く手に、北に向かって大地を大きく切り取るように、湖が広がっていた。

上空から見た湖の岸辺は、なにかが固まって、ひび割れているように見えた。汀《みぎわ》の青い水と、白い砂――。だが地上におりてみると、白い砂に見えたものは、塩だとわかった。塩の結晶が岸辺に薄い層をつくり、湖には魚があふれていた。残念なことに、ドラゴンにとっては捕まえても価値のない小魚ばかりだったが、囚人たちにはご馳走《ちそう》になるだろう。テメレアは岸からかなり離れた水の深いところまで行って、体を浸す心地よさを楽しみ、びしょ濡れで戻ってきた。

みずみずしい草がいたるところにあるが、樹木や灌木はそれほど多くはない。しかし日陰がなくとも、テメレアは緑が茂る岸辺にすわり、赤い砂や岩の風景から目をそむけて湖を見つめているだけで疲れが癒されるのを感じた。ここにはバニャップどもが身を潜められそうな茂みがない。だが、この小休止を完璧なものにするには、事態の進展が必要だった。

サルカイが青い絹地の切れ端を持って戻ってきた。汀から少し離れた岩場の近くで地中に埋まり、半分が外に出ていたということだった。

「彼らはここに立ち寄ったようですね」サルカイはそう言うと、ぼろぼろの布きれを開いてみせた。布きれの端のほうは、日差しに晒《さら》されて白くなっていたが、残りの部分は砂を払うと、濃い青をまだとどめているのがわかった。「ここに来たのが最近だと期待できる根拠はありませんが、わたしたちが彼らの使っている道の途上にいることは確かです」

「そして、その道が、ぼくらを連中のねじろに運んでくれるというわけだ」テメレアは期待をこめて言った。「そのねじろで、連中が卵を持って荒野から帰ってくるところを待つこともできるね。もしかしたら、誰かがいて、仲間の居場所を教えてくれるかもしれない」

それからは気持ちが楽になり、休息を堪能した。湖の上を飛び、ふたたび水に浸かって泳ぎ、冷たい水をたっぷりと飲んだ。かすかに塩の味がするのも気にならなかった。水は心地よく喉を流れていった。

テメレアはここから離れるのを残念に思った。この湖こそ、長いあいださがしてやっと見つかった本物のオアシスのような気がする。イスキエルカがあとを追えるように、石を積んで道しるべが築かれ、その下にローレンスがグランビーへの置き手紙をはさんだ。テメレアは広大な水のきらめきを眺めて、小さなため息を洩らした。

ところが、カエサルが声を潜めて、「おいらは、もうちょっとここにいてもいいんだけどな」と言ったものだから、テメレアはここぞとばかりに、「だめだめ。ぼくらの行く手のどこかに卵があるんだから」と厳しく言いわたし、優越感を味わった。そして、銀色の汀から一気に空へと舞いあがった。

休憩のあとは快調に飛んだ。テメレアは、自分の呼吸が前ほど耳障《ざわ》りな音をたてないことに気づいた。実際、呼吸が少し楽になった。咳は出るが、前ほど不快じゃない。これは、なんとか快復するかもしれないぞ、と、ひとり言をつぶやいた。

サルカイが、湖を横断するのをやめるようにと提案した。湖と大地は何マイルにもわたって複雑に入り組んでいたが、一行はその岸辺に沿って、でこぼこした不完全な曲線をなぞるように飛びつづけた。湖を過ぎたところで短時間だけ地表におりて、道しるべをいくつか築いた。ずいぶん長く飛びつづけたが、密輸団の姿も、その痕跡も見つけられなかった。しかし少なくとも獲物はいた。テメレアは飛びながら手際よく何頭かを捕まえることができて満足した。

一行は、野営を張るために、新たな水場の近くにある木立のそばに着地した。そこには新鮮な水が湧き出しており、湖を越えて少し距離はあったが、大地はまだ塩のせいで白っぽい色をしていた。テメレアは捕まえたカンガルーを地面におろした。ゴン・スーがカンガルーの肉を荒野での保存食とするため、たっぷりと塩をまぶす準備をしていた。彼の指示で囚人たちが塩を掻き集めた。テメレアはそのあいだ、バニャップが潜んでいそうな茂みを取り除くことに専念した。

この仕事には、おまけまでついてきた。たくさんの齧歯類《げっしるい》が、ときには鳥が、引っこ抜いた植物の山から飛び出してきたのだ。それらが逃げようとするところを、クルンギルがテメレアの作業するかたわらでつぎつぎに捕まえていった。

「ほら、見てよ」と、テメレアは誇らしい気持ちでカエサルに言った。「飛べなくても、狩りはできる。きみはいつもせせら笑ってるようだけど」

「あれを狩りとは呼べないな」カエサルが、低木を引っこ抜きながら言った。「おいらたちが獲物を駆り出してるんだから。あいつはただすわって、それを拾ってるだけさ。あれが狩りなら、目の前にある水を飲むのも、狩りってことになっちゃうぜ」

テメレアはフンッと鼻を鳴らした。水は逃げようとしないんだから、ぜんぜんちがうじゃないか。「もしかしたら、もう一度、飛べるかどうか試してみてもいいんじゃないかな」と、クルンギルに言い、低木をまとめて放り投げた。

クルンギルが翼を広げ、息を深く吸い、後ろ足立ちになった。そして、わずかに羽ばたいた。厚いしわの寄った脇腹がゼリーのようにぷるぷると震えただけで、クルンギルはすぐに前足を地面につき、息を乱して言った。「明日なら、なんとかなるかも」

テメレアはため息をついた。

ディメーンも、この休息を喜んでいた。彼は真昼の炎暑にもかかわらずまた狩りに出かけ、獲物をかかえて戻ると、みなが身を落ちつけた安全な岩場の日陰に崩れるように横たわった。テメレアはいつか、クルンギルに言ってやりたいと思っていた。きみはディメーンのことをもっと大切にしたほうがいい、と。クルンギルはいつも空腹をかかえているせいで、食べ物のことしか考えられなくなっている。

テメレアとカエサルとで、今回もバニャップの潜んでいそうな茂みを一掃《いっそう》し、穴という穴を埋めた。ここにもたくさんの穴があった。なんの必要があって、バニャップどもはこんなことをするのだろう？　ローレンスが証言するほどバニャップが俊敏《しゅんびん》なら、わざわざ地中に潜んで、警戒を解いた人間に飛びかかる必要などないように思われる。ただ、獲って食えばいいだけの話だ。まっとうに狩りをすればいい。そこには、なにか不可解な、不自然な感じがあった。茂みを片づけ、野営の安全を確保したところで、囚人たちの作業が交替になったが、ディメーンは起きあがらず、まだ同じ場所で眠りつづけていた。

「なにも食べたくないなら、ずっとあそこにいればいいさ」サイフォが兄のほうを見て、冷ややかに言った。「また狩りに行かないのが驚きだよ。クルンギルは腹が減っていないのかな」

「きみ、アクセントが間違ってるよ」テメレアは言った。「クルンギルだ。故郷の言葉なのに忘れちゃったの？　言い訳はなしだよ」

「そんなこと、誰も気にしないよ」サイフォはそう言うと、読んでいた本に視線を落とし、むっつりと黙りこんだ。

ところが、水を飲んで少しだけ休憩したエミリーが立ちあがり、自分の水筒を持ってゆっくりとディメーンに近づいた。ディメーンが半身を起こし、ぐらぐらしながらもあぐらになって、水筒から水をたっぷり飲んだ。そのあと、うなだれてエミリーのあとに従い、野営に近づくと、飛行士たちが慰安と調理のために熾《おこ》した焚き火からいちばん遠い場所を選んで、また眠りについた。

クルンギルがそっと這っていき、心配そうに鼻先でディメーンの肩に触れた。ディメーンは竜の背中を手探りし、やさしく叩くと、またどさりと地面に背中をつけた。

クルンギルが、少し安心したようにため息をついた。それからテメレアを見あげて、甲高い声で言った。「もう一頭、カンガルーもらえる?」

カエサルが横から言った。「あんなにネズミを食っときながら、また腹がすくなんてありえない」カエサルはその前に二頭のカンガルーを狩っていたが、クルンギルにはひと口も与えようとしなかった。

テメレアはむらむらと怒りを覚え、わざと特別に寛大な答えを返した。「もちろん、いいとも。ぼくはけちくさいのは大嫌いだからね」こうしてカンガルーを一頭分け与え、クルンギルが何度も感謝を捧げて獲物に飛びつくのを見て、王様になったような満足感を味わった。

「こいつは、そのうち自分の重さで窒息しちゃうんじゃないの?」カエサルが言った。

「それを早めるのが親切だとは、おいらにはとても思えないね」これはクルンギルのためではなく、さもしい悪意から言っているのだと、テメレアは感じた。とはいえ、クルンギルは今回も、がつがつとカンガルーを食べつづけ、ふいに頭をあげて荒い息を整えると、またむさぼりはじめた。そうしてすべてを腹におさめてしまうと、ディメーンの隣に横たわり、眠りに落ちた。呼吸がまた少し悪化しているようだ。

「さらに十フィートの成長だ」と、クルンギルの横に立ったドーセットが、巻き尺《じゃく》を巻き取りながら言った。「この成長の早さは尋常じゃない。交配専門誌に投稿するために記録しておかなくては。もしかしたら、ロンドン王立協会に論文も……」

「でも、いつ飛べるようになるの?」テメレアは尋ねたが、ドーセットから満足のいく答えは得られなかった。

しかし、いつになく自己満足に浸ったテメレアにとって、クルンギルの件は小さな淡い影にすぎなかった。喉はもうそれほど痛くない。ゴン・スーがふたたびスープをつくっているので、翌朝には存分に味わえるはずだ。今回は、テメレアが引き剝がした茂みから摘んだ黄色い実が風味付けとして使われている。

サルカイが、その実がアボリジニたちによって少しだけ採取された可能性があることを指摘した。見た目は干しぶどうに似ているが、食べてみると、わずかな甘みとトマトのような強い香味があり、悪くない。

「眠る前に、また少し食べてみてはどうだい?」ローレンスが言った。「カンガルーを小さく切ったら、呑みこみやすくなるだろう。まだ完治じゃない。きみは限界まで体を酷使しているし、ちっとも食べないから」

「食べられるような気がするよ」テメレアは楽観的な気分で答えた。一頭だけなら、骨が取り除いてあれば、食べられるかもしれない。骨はそのままスープに放りこんで煮込んでしまえば、無駄にはならない。こうして少し食べてみたのだが、以前のように喉に激痛を感じることもなく、最後は砂の上に身を落ちつけた。

一日の終わりに、ローレンスが本を少しだけ読んでくれた。何度も読み返してすっかり頭に入っている文章の退屈さにどちらも飽《あ》きがくるころ、ローレンスが本をおろした。

テメレアは言った。「ずっと考えてたんだけどね、ローレンス。そう、あの緑の谷間のことだよ。あそこに戻るとき、この荒野にある赤い石を持っていって、ドラゴン舎を建てるのに使ってはどうだろう？　あの谷間の黄色い石と合わせると、おもしろい模様ができるような気がするんだ」

「きみの趣味に口出しはできないな」ローレンスはそう言って、赤い大地を眺めた。

「ただし、石を運ぶんだから、それなりの労力は必要だね。でも、時間はある、きっと」

テメレアはしばらく沈黙した。いつしか夜の帳《とばり》がおりて、空は晴れ、月が輝いている。涼しくて、炎暑のあとだけに心地よい。見晴るかす荒野には、草の茂みや細い木々と、それらの影がどこまでもつづいている。砂山が遠くまで波打ち、水場が月の銀色の光を反射している。

テメレアはローレンスが眠ってしまったのかと思ったが、ふいにおだやかな声がした。「この国の広大さを、こういう土地に分け入るまでは、ほんとうの意味でわかっていなかった。そう、この奇妙さも」

「ローレンス……あなたはイングランドに戻れないのが悲しい？」テメレアは思いきって尋ね、息を詰めて答えを待った。

「祖国のことを心配しているのは確かだ」ローレンスは言った。「友人たちもあとに残してきた。彼らがいま苦境にあるかどうかを知るのはむずかしい。そして、自分は、ここ以外の土地で役に立てるんじゃないかと考えることはあるよ。でも、そう思ったところで、どうしようもない。ただ、なんというか、自分としては、そんなに心残りはないんだ。友人たちと手紙のやりとりで親密な友情を保ちつづけることに昔から慣れている。船乗りには必要なことだからね」

ローレンスはしばらく押し黙り、また低い声でつづけた。「ここにいることで、きみはわたしよりずっと無理をしているにちがいない。わたしだって、サルカイからの提案を忘れたわけじゃない。ただ――」ローレンスはそこで口をつぐんだ。

「まあね、正直言って、私掠船《しりゃくせん》の話はすごく魅力的だよ、ぼくにとってはね」テメレアは焦がれる気持ちを押し隠せなかった。「でも、ぼくにはわかるんだよ、ローレンス。あなたは私掠船に乗ることをあまり考えたくないみたいだね。ぼくは、あなたもいっしょに満足できることでなきゃ、やりたいとは思わない。でも、ただ……あなたは、戦闘に戻りたいんでしょう?」

「戦闘に? いいや」ローレンスは言った。「役に立ちたいという意味でなら、戻りたい。でも、それを考えても意味がない。きみには申し訳なく思うよ、愛しいテメレア。でも、きみに赦《ゆる》しを乞うために、わたしはどんな希望も差し出せない」

「でもね、ぼくらはここにいても役立たずじゃないよ」テメレアは言った。「ぼくたちの緑の谷間をとうとう見つけたじゃない」

「あそこは、実にいいところだ」ローレンスは言った。「そうだね、壊すのではなく、もう一度つくりなおそう、そのとおりだ」

こうしてテメレアはいくぶん安堵して頭をおろし、いずれ建てるドラゴン舎の構想を夢中になって練りはじめた。ローレンスの心に残るどんな後悔も慰められるような、すばらしい壁の模様を赤と黄金《こがね》色の石でつくるために。

テメレアは、少しずつ目覚めていった。とても涼しくて心地がいい。ただ、顎の隅っこに砂がたまっているのが気になり、頭をもたげて砂を吐き出し、つぎの瞬間、驚きに打たれた。バランスを崩し、体の後ろ半分がぐらりと傾いた。甲板にいて艦《ふね》が唐突に波の谷間に落ちたときのようだ。

「地面がなんだか変だ」そう言って立ちあがろうとした。が、立てなかった。足の下にはなにも支えるものがなく、四肢を動かそうとすると、とても奇妙なことに、下へ引っ張られた――なにもかも、やわらかく、手応えがない。

「ローレンス？」と、呼びかけてみた。すでに月は沈んでいるが、太陽はまだ昇っていない。なにがなんだかわからない。下方の野営で焚いていた火が赤い熾《おき》になっているのと、遠くに岩山がそそりたっているのだけは見えているのだが。

「どうした、テメレア？」背中からローレンスの眠たげな声が聞こえた。しかしつぎの瞬間、事態を察したにちがいなく、声が格段に大きくなった。「ミスタ・フォーシング！　明かりを持ってきてくれたまえ」

飛行士たちがたいまつを手に駆けつけてきて、突然立ち止まり、驚愕《きょうがく》の表情に変わって後ずさりした。彼らのブーツが砂に埋もれ、それを引き抜こうとすると、どぷどぷと鈍い音がした。粥《かゆ》が鍋のなかで静かに煮え立っているような音だ。たいまつの明かりで照らされて、テメレアは自分の体が地面に沈んでいるのに気づいた。砂が胸骨のあたりまで迫ろうとしている。たたんだ翼端は深く埋もれて、尾は半分沈み、四肢はすっかり砂のなかにめりこんでいる。

「眠ってただけなのに」テメレアはもがき、後ろ足立ちになって砂から逃れようとした。しかし、力を振り絞っても、前足を引き抜けなかった。片方だけは少しだけ持ちあがりそうで、一部はすでに見えている。引き抜こうとすると、表皮をつたって湿った砂が滑り落ちていく。しかし、引き抜くための力が足りなかった。動こうとすればするほど、ますます力が必要になった。とうとう力がつづかなくなって、動きを止めると、またずるっと体が傾いて沈んだ。

ぜいぜいと息をついた。すると、ほんのわずかに体が持ちあがるのに気づいた。水のなかから浮きあがるときほどではないが、これなら、抜け出せないことはないだろう。もう一度、力をこめて四肢で砂を掻こうとした。左右交互になら少しずつ動かせるかもしれない。が、ローレンスが鋭い声を発した。「テメレア、やめろ！　また沈んでいる——」

砂はもう胸まで来ていた。背中のいちばん高いところに、砂がこぼれ落ちてくるのがわかる。「ローレンス、あなたはぼくからおりたほうがいいみたい」テメレアは首をめぐらして、ローレンスの位置を確かめた。「ぼくが首を伸ばせば、ほかの人の手が届くところまで行けるんじゃないかと思うんだ」

「いいや、けっこう」ローレンスが答えた。

「動かないほうがよいですね。首もおろさないほうがいい。首まで持っていかれるかもしれない」穴のそばにしゃがみこんで観察していたサルカイが言った。折った小枝を砂に突き刺し、それ以上近づいてはいけない領域を見定めている。「驚きです。きみまで沈めてしまうような、ここまで深い穴を流砂《りゅうさ》がつくるとは」

「昨夜見過ごすことなどありえなかった」ローレンスは言った。「テメレアとわたしは、眠るまで、ここで一時間起きていたんだ。そのあいだ、地面はしっかりと堅かった」

「どうして出ていけないのかわからないよ」テメレアは、もう一度試したいという誘惑に抗《あらが》えず、とてもゆっくりと、ほんの少しずつ、前足を引き抜こうとした。しかし、また引きずりこまれ、また引きずりこまれ、また引きずりこまれ……ついに動くのをやめた。もうこれ以上は無理だ。こうして努力を放棄したとたん、後方に引っ張られるように、またじわじわと沈みはじめた。

実際のところ、苦痛はなかった。ひんやりとした感じはかなり心地いいとも言える。ローレンスから尋ねられて、テメレアはきっぱりと言った。「ふふん、こうしてることじたいは平気だよ。ただ、ここから出たいっていうだけで……」しかし、ぴったりと張りついてくるような不快な感触については口にしなかった。砂が体のわずかな隙《すき》間《ま》も逃さずに入りこんでくる。このまま出られないのではないかと思うと、ぞっとした。水のなかで泳いでいるのとはわけがちがう。水そのものに引きとめる力はないが、砂はまるで鎖《くさり》のようにからみつき、逃げていくことを許さない。

「あれれ。最初に気づいたときに、どうして逃げなかったの？」起きてきたカエサルが言った。際限なく眠りつづける幼竜の習性がまだ抜けきっておらず、慣れない早起きに大あくびをしている。

「だから、眠ってたんだよ」テメレアは苛立って言い返した。「目覚めるまで気づかなかった。もし目覚めなかったら、どんなことになってたか。誰だって、まったくふつうの砂がこんなふうになるなんて思わないよ。これ、どうやったらもとに戻るの？」

「太陽の熱が砂の湿気を払ったら、動けるようになるでしょう。日が昇るのを待つことですね」と、サルカイが言い、短い沈黙をはさんで付け加えた。「もしかしたら地中に泉があって、その泉が湿り気を与えているのかもしれない」

「砂をある程度どけたら、もっと早く自由になれるんじゃないだろうか」ローレンスが言った。「ミスタ・フォーシング、シャベルを用意してくれたま――」

「なんだ、ありゃ⁉」囚人のひとりが叫んだ。テメレアは不安定な姿勢のまま、囚人の指さす砂山の尾根のほうに目をやった。白みつつある空を背景に、細く尖った頭が黒い影となって浮きあがっているのが見えた。どうやら、こちらを見つめているようだ。

その隣に、またひとつ頭が突き出し、つぎにまたひとつがつづいた。こうして、いくつもの頭が一列に並んだ。鼻づらが長く、その尖端は丸い。小さな黒い眼が、たいまつの炎を反射して黄色く輝いている。頭には房のような奇妙なとさかがあった。

「慌てて動くな！」フォーシング空尉が叫び、飛行士たちがピストルを抜いた。

空が少しずつ明るさを増し、バニャップたちは赤と褐色の影になった。体表はまさにこの大地の色の石目模様になっている。頭のとさかも、この地に生える草のような黄色だ。もし彼らが砂山から頭を突き出さなければ、見つけるのはむずかしかったろう。

「ふふん」テメレアは憤慨《ふんがい》して言った。「ようやくわかったよ。思ってた以上に肝の小さいやつらだ。これだって、あいつらの仕業にちがいない。ぼくと真っ向から戦おうとか、自分たちの縄張りを守ろうとか考えないんだ。そうする代わりに、こそこそと、ろくでもない罠を仕掛けたんだよ」

ランキンが冷笑を浮かべて言った。「トカゲの一味が、なんのためにこんなものをこしらえたのかを、知りたいものだな。いや、むしろこう言うべきか。ハゲタカのように、やつらがなにを待っているかを」

ローレンスは、ランキンを殴って流砂のなかに叩きこんでやりたかった。「ミスタ・フォーシング」張り詰めた声になった。「掘りはじめよう。カエサルがここにいるかぎり、やつらが攻撃を仕掛けたり、テメレアの顎が届くところまで近づくことはないだろう」

それでも頭を並べて見物するバニャップは、耐えがたく不愉快だった。鈍く光る瞳《どう》孔《こう》のない眼にも、囚人たちがテメレアのまわりから砂を取り除いているあいだ微動だにしないところにも、底知れぬ悪意が感じられた。湿った黒い砂が掘り返されて、小山になった。日差しで乾いたら崩れてしまう歪《いびつ》な砂の城の塔のようだった。

「ローレンス」日が高くなりはじめたころ、テメレアが言った。「もし、なんとかできるなら、水が飲みたいんだけど」テメレアの体の大きさを考えると、そう簡単にいかないだろう。それでもフォーシング空尉が、ピストルを持った護衛をつけ、囚人たちに大きなジャグを何個も持たせて、水汲みに送り出した。

彼らは、手ぶらで帰ってきた。「なくなっています」と、オディーが言った。「水がない。ひと晩のうちに消えてしまった」

「昨夜は底が見えるほど飲み尽くしましたが、夜のうちに水がたまらなかったというのは妙ですね」フォーシングが言った。

その報告を聞いたサルカイが、ピストルを抜いて静かにその場から離れ、ほどなく戻ってきた。「わたしの見るところ、地下の泉はもうあの水場に流れこんでいません。地下で流れを変えたようだ」

ローレンスはそれについて考え、横一列になってこちらを見張っているバニャップを見あげた。「テンジン、きみはやつらがやったと思っているのか？　わざとやったと？」

「わざとに決まってるよ」テメレアが口をはさんだ。「友だちになりたくて、こんなことするわけがない。あいつらは肝が小さいから、こんな砂の罠にぼくを掛けて、遠巻きにしてるしかないんだ。ふふん、動けたら、ぶちのめしてやるのに」

サルカイが言った。「彼らの仕業《しわざ》だということを否定はしません。おそらく、この土地では自然の地形を利用してふつうに狩りをするよりも、水場をつくって獲物を誘うほうが効率がいいのでしょう。天然の泉の流れを意のままに操れるなら、こんな罠をつくるのもわけないはずです」

「なぜ、もっと穴を深くして、テメレアを沈めてしまおうとしなかったんだろう?」ローレンスは言った。

サルカイが肩をすくめて言った。「流砂に溺れないようにするのは、そんなにむずかしいことではありませんよ。とりわけ、ドラゴンには並はずれた浮力がありますから、これ以上は沈まないはずです。ただ、むずかしいのは、抜け出すことだ」

ひとりの人間をこの砂の沼から引きあげるのにどんな困難があったとしても、テメレアを引きあげる困難に比べればものの数ではないはずだった。ローレンスはそれに気づいてうろたえた。テメレアはすでに喉が渇いているのだ。

「砂を取り除く作業など、なんの役にも立たない」ランキンが言った。「グランビーが戻ってくるのを待つしかないな。しかし、その見込みも薄い」

「キャプテン・ランキン、あなたがなにかよい解決方法を提案するつもりなら、いつ、いかなるときでもお伺いしよう」ローレンスはきつい口調で返した。先刻から東の方角がずっと気になっている。ここまで奥地に分け入っているうえに、石の道しるべが嵐で壊されているかもしれず、グランビーが戻ってくる可能性が薄いことは百も承知だった。

「ロープを使えるかもしれません」フォーシング空尉が言った。「とにかくやれそうなことはなんでもやったほうが――」

ランキンが鼻を鳴らした。実際、希望はあまり持てそうになかった。テメレアの力をもってしても自分の足一本引き抜けないというのに、三十人の男たちにそれができるのだろうか。「穴のへり近くまでテメレアを引いていければ」と、ローレンスは言った。「テメレアが自力で脱出できるかもしれない」

ロープが放り投げられ、ローレンスはテメレアの竜ハーネスの首の付け根のリングにそのロープを通した。前夜、ハーネスをはずさなくて、ほんとうによかった。しかし、ハーネスに、ロープで引くのに耐えうる強度があるかどうかはわからない。このハーネスは数人の搭乗を想定したもので、実戦仕様ではなかった。テメレアはこの地では、腹側ネットを支えるために必要な装備しか身に付けていないのだ。

三十人の男たちがテメレアに背を向け、ロープを肩に担《かつ》ぐように一列に並んで、それぞれが両手でロープをつかんだ。そして、引いた。テメレアはそれに合わせて水を掻くように足を動かそうとしたが、わずかしか動かなかった。

それでも男たちが力を振り絞り、数インチだけ引きあげることができた。あと五十フィートは引かなければならない。「お願いします」と、フォーシング空尉がキャプテン・ランキンに呼びかけた。「カエサルにもロープを引くようご指示いただきたいのですが」丁重だが、後には引かぬ決意がこもっていた。ランキンは躊躇したが、この状況で断るわけにもいかないだろう。

「ぼくも、手伝う」見ているだけだったクルンギルが笛のような声で言い、ロープのいちばん端を口にくわえて引いた。

ディメーンが「待て――」と言い、ミスタ・フェローズに話しかけた。「クルンギルにハーネスを装着してもらえますか?」

「そりゃあいいや。大活躍してくれそうだな」カエサルが皮肉を言い、自分の竜ハーネスにもロープが装着されるのをおもしろくなさそうに受け入れた。そしてクルンギルには、何本かのストラップと留め具で急ごしらえされた竜ハーネスが装着された。

クルンギルはすでに馬車馬よりも大きく成長しているが、テメレアとは、いや、カエサルとも比べものにならない、ちっぽけな存在だ。

ミスタ・フェローズが言った。「ロープを木か、あの岩のどれかに回して、滑車にしてはどうでしょう」

防水布をたたんで重ね合わせてよく滑るパッドをつくり、それを地面から突き出た岩に巻きつけると、その上に二本の太いロープを回した。カエサルとクルンギルがロープの先端につき、男たちもそれぞれの場所につき、一斉に引いた。バニャップたちが小さな眼を光らせながら高みから見物している。もしテメレアが罠に囚われたままなら、カエサルには約三十名の囚人を運搬することは不可能なので、一部がここに残ることになる。それは死刑宣告も同然だということを、囚人たちの真剣な目が語っていた。

うめきながら、男たちは全力でロープを引いた。テメレアは、ロープの引きが体全体に作用するように、首に力をためて固く保った。流砂が胸骨のまわりでどぷどぷと音をたて、プディングの材料を混ぜるときのように、どろりと渦を巻いた。テメレアは体が動くのを感じた。少しだけ、ほんの少しだけだが、それでも動いた。

「そうら、引け！」フォーシング空尉が叫んだ。「引け！」大きな力で引き、また引き……男たちがロープを引くたびに、テメレアの体と砂のあいだに隙間が生まれた。

テメレアは少し足を動かし、自力で進んだ。ロープの引きと連動し、さらに数インチ、砂だまりのなかを移動した。男たちの何人かが膝をつき、荒い息をついたが、ロープから手を離す者はひとりもいなかった。

カエサルが容赦なく言った。「さあさ、休んでる場合じゃないぞ。全員で引くんじゃないの？　起きた起きた！」

倒れた男たちが、よろめきながら起きあがった。フォーシング空尉がサイフォに命じて、男たちに一口ずつラム酒を飲ませていった。残り少ない蓄えながらも酒を水で薄めなかったので、その強い味わいが男たちを元気づけ、太陽が照りつける現実を忘れさせた。男たちは、力のかぎりロープを引いた。カエサルも、文句をさんざん言いながらも、たくましい肩の筋力をこの作業のために惜しみなく使った。

クルンギルも力を尽くした。苦しげな息をつき、長いかぎ爪を地面に立て、竜ハーネスごと前のめりになって、後方へ引き戻そうとする力に抗った。

突然、クルンギルのぶよぶよの脇腹が釣り鐘《がね》形にふくらんだ。まるで帆が風をとらえて、なめらかな丸みを帯びたかのようだった。クルンギルは甲高い悲鳴をあげ、かぎ爪で地面をふたたび懸命につかもうとした。そばで励ましながら自分もロープを引いていたディメーンが「どうした？」と言い、つぎの瞬間、ふくれあがった脇腹を見て叫び声をあげた。「ドーセット！　ドーセット！　クルンギルがおかしい！」

「いまはやめろ！」フォーシングがぴしゃりと言った。「さあ、みんなで、引け――」

岩に巻きつけた防水布の上をロープがずるっと滑った。全員が頭を低くして引いた。足が砂の地面にめりこみ、暗赤色の湿った砂がそれぞれの足もとで小さな山をつくった。ひとりの男が船乗りのはやし唄を歌いはじめた。「りっぱな二頭のドラゴンが、懐かしきイングランドからやってきた」熱気と水不足のせいで、しゃがれて調子っぱずれの声だったが、ひとりまたひとりと歌に加わった。じりっじりっと男たちが前に進み、ロープが少しずつ引っ張られた。テメレアが動いている。

ところが突然、ひとりが叫んだ。「ちくしょう、やつらがこっちに！」ロープがどさりと地面に落ちた。カエサルはロープを体に装着したまま転がって、たちまちロープにからめとられた。

男たちはロープを放って逃げ出した。二頭のバニャップが斜面を下り、ものすごいスピードで突進してくる。ほっそりした蛇のような体で、四肢は外側に向かって広がり、細いかぎ爪のあいだに砂を掻くのに適した蹼《みずかき》のような薄い膜がある。

ロープを担いで引くには背丈が足りずに見張りをしていたエミリー・ローランドは、このときすでにピストルを構えており、一発目の銃弾が距離を詰めてくるバニャップの足に命中した。撃たれたバニャップがひるんで後退する。その口から奇妙な、外見とは不釣り合いな声が洩れた。爬虫類《はちゅうるい》のシューッという威嚇《いかく》音ではなく、むしろハイエナが喉から絞り出す低い遠吠えに近かった。いったんはさがったが、そいつはふたたびゆっくりと前進をはじめた。

「ローランド！」テメレアが、エミリーの身を案じて、声を張りあげた。ローレンスは無駄とは承知しながらも、剣の柄《つか》に手をかけた。

「吼《ほ》えさえすれば……」テメレアは〝神の風《ディヴァインズ・ウィンド》〟の咆吼《ほうこう》を試みようとして、ためらった。〝神の風〟を放てば、エミリーまで殺してしまうことになる。いや、砂山を突き崩し、砂が雪崩《なだれ》のように全員に襲いかかり、すべてを——バニャップも人間もドラゴンもすべてをまとめて——葬ってしまう可能性がある。テメレアは必死に首を伸ばそうとしたが、あまりに距離がありすぎた。

エミリーは平然と定位置を守り、弾の再装塡《そうてん》をはじめていた。紙薬包《やっきょう》を歯で嚙み切り、黒色火薬を銃口から注ぎ、弾丸とおくりの紙を強く押しこんで、火皿に点火薬を入れる。バニャップに狙いを定め、さらに近づいてきたところを見計らって引き金を引いた。

二発目はバニャップの喉に命中し、叫びを止めた。傷口からどす黒い血が噴き出した。ドラゴンの血の色と同じだ。血が砂の上にこぼれ落ち、赤い地面に赤黒い血だまりができた。バニャップは咳きこみながら、体を丸めた。

士官見習いの少年、ワイドナーもすでに小型の単発式ピストルを構えており、一発目を放った。撃ったときの反動で少年は倒れそうになったが、それでも二頭目のバニャップが大きな音にひるみ、逃げる男たちを追うのをやめて、捨て置かれたロープに向かった。

その移動のさまは、すばやくはあるが、砂の上というせいもあってか、いささか滑《こっ》稽《けい》な感じがした。小さな後ろ足に対して異様に大きな前足が不釣り合いで、両肩のあいだに半円形の奇妙なひれ状の突起がある。長い頭は、横から見ると、咬《か》みつき、嚙み砕くのにうってつけの大きな顎を持っていることがわかる。四肢のかぎ爪は短いが、黒くつやつやとして、一本一本が堅い角《つの》のようだ。バニャップは人や竜のからまったロープの端を押さえると、それをくわえて引っ張りはじめた。

「このお、肝っ玉の小さい腰抜けども！」エミリーがつぎの弾を込めながら、肩越しに囚人たちに向かって叫んだ。「戻ってきて、やつらを止めて。でないと、全員持っていかれるよ！」そして、ふたたび撃った。フォーシング空尉がロープから足を引きずりながら抜け出した。ロープの端にいたディメーンも立ちあがり、ローレンスの投げたピストルに飛びつき、バニャップに向けて新たな銃火を放った。

銃弾が当たった岩のかけらが飛び散り、そのひとつが二頭目のバニャップに当たった。バニャップが悲鳴をあげてロープを放し、逃げだした。立ち止まって、まだ出血している最初の一頭を鼻で小突き、それからは二頭いっしょに斜面をひょこひょことのぼり、彼らより辛抱強くなりゆきを見守っていた用心深い仲間たちに合流した。

負傷という代償を払ったが、二頭のバニャップの奮闘はそれなりの成果をあげた。放り出されたロープがもつれてからんで、ひどい状態だった。カエサルがからまったロープをほどこうと躍起《やっき》になって噛みしだいたせいで、ロープの子縄の撚《よ》りがほどけてしまった。フォーシングが渋い顔でロープを点検したのち、「さあ、紳士諸君、仕事に戻れ」と声をあげ、エミリーとディメーンに、ピストルを構えて護衛するよう命じた。

泡を食って逃げ出した男たちがひとりまたひとりと戻ってきた。しかし、全員ではなかった。ふたりの囚人が戻らず、ローレンスは砂山の尾根を見あげて、こちらを観察するバニャップの数が先刻よりわずかに減っているのに気づいた。あの二頭がつくり出した混乱を抜かりなく利用したというわけだ。

「卑怯なやつらめ！」テメレアが怒りをぶちまけた。「ぼくがやり返せないかぎり、また同じことをやるつもりだ。見さげ果てた、卑しいやつらだよ。恥を知れ。あいつらの水を全部飲み干して、縄張りをむちゃくちゃにしてやれてよかったよ。ここから出たら、また同じことをやってやる」

全員がふたたび奮闘を開始した。カエサルはからまったロープをほどいてもらい、ロープができるかぎり補修された。フェローズが齧《かじ》られた部分を防水布でくるみ、蠟《ろう》引きした糸で縫いつけた。男たちは両手に唾《つば》を吐き、土をこすりつけて滑り止めにし、ふたたびロープをつかんだ。

今度は誰も歌わなかった。ほんとうにわずかずつだが、テメレアの体が持ちあがった。「彼らが引くのに合わせて、きみが息を吐いてはどうだろう?」ローレンスは言った。「砂が少しでもゆるむように」この工夫がいくぶん功を奏した。息を吸いこみ、止めて、ロープの引きに合わせて吐き出すように、全員が呼吸を合わせた。息を吐き出すことで胸のまわりに砂の動きやすい層が生まれ、またわずかにテメレアの体が引きあげられた。

「ふふん」テメレアが唐突に声をあげた。「引いて! もっと強く! 足が小さな岩をとらえたみたい――」男たちがこれに励まされて、背中に力をため、もう一度全力を振り絞ってロープを引いた。

つぎの瞬間、全員が前のめりに倒れこみ、地面に膝《ひざ》をついた。ロープが突然、ゆるんだのだ。テメレアが苦しげな低いうなりをあげて、さらに一フィートほど、どうにかこうにか体を引きあげた。

テメレアはそれ以上動けず、力尽きて、荒い息をついた。しかし今回は、体がふたたび沈んでいくことはない。男たちがたるんだロープをもう一度強く引いた。その新たな引きに全員の力が結集した。テメレアの胸が、からみついてくる湿った砂からさらに数インチ逃れ出た。

ローレンスはテメレアの肩まで移動して言った。「ミスタ・フォーシング、シャベルをくれないか。そろそろ、この砂を取り除いてもよさそうだ」こうして、四人のなかからも五人が選ばれ、テメレアの体のまわりの砂をシャベルで除去する作業がはじまった。その一方で、ロープを引くチームも力いっぱい引きつづけ、テメレアが這いあがるのに協力した。

夕暮れが近づきつつあった。テメレアが流砂のなかから少しずつ這いあがるにつれて、見物していたバニャップたちは一頭また一頭と姿を消した。そしてとうとう、ゴボゴボと吸引するような、詰まっていた排水管が流れはじめるときのような音をあげて、テメレアの一本の前足が自由になり、砂の上にあらわれた。

そのときにはもう、バニャップはことごとくいなくなっていた。エミリーとディメーンが警戒しながら砂山の尾根まで偵察に行き、バニャップたちは荒野の平原に影もかたちもないと報告した。おそらくはまた地中に戻り、この作戦の失敗について考えるか、新たな計略を練っているのだろう。

前足が二本とも流砂から逃れると、テメレアはよりいっそう楽に力を出せるようになった。そこで、いっそう引きやすくするために、前足の付け根の後ろにロープが巻きつけられた。囚人たちがそれを引き、テメレアは少しずつ自分の体を前方に押し出した。シャベルを持った男たちがまわりを掘りつづけ、ついに両翼の端が砂から出た。そして今度は尻まわりの砂が除かれ、テメレアはじりっじりっと這い進み、やっとのことで、硬い岩の上にどさりと体を投げ出した。やっと自由になれた。体の表面に太陽に焼かれた赤い砂が厚くこびりついている。

「ふふん、すごく疲れたよ」テメレアはそう言って、目を閉じた。誰もかれも喉が渇き腹が減っていたが、それにも増して疲労困憊《こんぱい》で、立っていた場所にへたへたとすわりこんだ。

ローレンスもすわりこみ、テメレアの脇腹に背中をあずけた。赤い砂の固まりが上着にこぼれ落ちてくるのもかまわず、その場で両目を閉じた。しかし、ぱっと見開き、空を見あげた。雲間から、らせんを描きながら降下してくるイスキエルカの姿があった。地上に舞いおりたイスキエルカが言った。「いったいなにしてたの？　みんな砂まみれじゃないの。で、卵はどこ？　もう見つけていたっていいころよね」

12　荒野の巨大岩

遠征隊になにが起きたかを把握すると、イスキエルカはまず狩りを買って出た。そしてつぎには、流砂の穴から水を引くための水路を掘るのに協力した。その水路によって岩のくぼみまで水が流れるようになり、そこが水飲み場となった。そう、イスキエルカは役立たずではない。しかし、なにかにつけて批判的で、とりわけ隊が道を見失ってしまったことに厳しかった。

テメレアは、火事嵐と颱風《タイフーン》に同時に対処しなければならないときに、きみがもっとうまくやってくれるところを見たかったよ、と応酬した。正確に言うなら、あれは〝颱風〟ではなかったが、〝雷雨〟と言ってしまっては、あの苦しい体験をちゃんと伝えられるとは思えなかった。テメレアはさらに言った。「おまけに、最後に残った卵も面倒見なくちゃならなかったんだ」

「卵のときのほうがずっとましだったわね」イスキエルカがいかにもうんざりしたよ

うすで言った。「卵なら、ただ見てるだけでよかったんだから。それが、いまじゃ、このざま。さあ、さっさと食べて――あんたもいっしょに行くんだからね」と、最後はクルンギルに言った。

クルンギルには食べるのが遅いと責められるいわれはなかった。つねに残り物があれば飛びつき、またたく間に限界まで食べてしまうのだから。その脇腹のぶよぶよした奇妙な蛇腹《じゃばら》は一度ふくらんだあと、しばらくして戻ったが、結局、あの過酷な作業のなかで、さらに二度、ふくらんではしぼむことを繰り返した。

ディメーンはそれについて心配したが、テメレアには幼竜の体が損傷を受けているようには見えなかった。竜医のドーセットがあとで入念に診察したが、恐ろしいことはなにも口にしなかった。

「いずれは飛べるかもしれないね、いまはまだ無理だとしても」と、テメレアは言った。「ぼくだって、いつも〝神の風《ディヴァインズ・ウィンド》〟ができるとはかぎらない。いずれにしても、これはローレンスが望んだことなんだ。クルンギルを見捨てるのは、倫理に反することだと、ぼくは理解してるよ」

「飛べない誰かさんを運ぶことが、倫理とどう関係あるの？　あたしにはわからない」イスキエルカが言った。

「ぼくらだって、アリージャンス号で運ばれてきたじゃないか。ここまでの全行程を飛ぶのは無理だから」テメレアは言った。「それに、もしぼくらが見捨てたら、狩りができないクルンギルは、飢え死にするしかない。あのバニャップどもが、彼をさらおうとしたかもしれないよ。生まれたばかりの小さな体では、とても太刀打《たちう》ちできない」

「きみは、なんでいつも、まだ起きてもいないことをぐだぐだ考えつづけるの？はっきり言って、自分とはなんの関係もないことを」イスキエルカがつっぱねるように言った。

テメレアが困惑したのは、グランビーさえもが、今回のローレンスの選択を全面的に認めているようには見えないことだった。グランビーは、クルンギルをひと目見て、たじろいだ。テメレアは、彼がフォーシング空尉にこう言うのを聞いてしまった。

「聞かなくても、事情はだいたいわかる。ランキンがこの件に関して残忍だったろうことも想像がつく。きちんと説明するんじゃなく、一方的に意見したことも。ああ、ぼくがもっと早く戻っていられたら」

グランビーはローレンスを直《じか》に非難することはなく、過剰な気遣《きづか》いを見せて言った。

「まあ、結局、この先どうなるかは誰にもわかりませんからね。ただ、ぼくたちには時間がありません。ライリー艦長はあともう少しの猶予《ゆうよ》をくれました。季節風に関する事情らしいんですが、出帆《しゅっぱん》を待たなくちゃならないらしい。好都合でしたよ。本国からは、ブライの件についてなんの連絡も届いていませんでした。おそらくは……」

声がぼそぼそと小さくなり、また聞こえるようになったときには、バニャップの話がはじまっていた。

テメレアはいらいらした。まだ疲れが抜けず、体に痛みも残っていた。砂は体のいたるところに入りこんでくる。水が不足しており、体を洗えるほどの量がないのはもちろん、飲むのさえ好きなだけというわけにはいかない。

そんなわけなので、囚人たちがふたたび搭乗するときも、テメレアはけっしていい気分ではなかった。「ぼくの望みは」と、ローレンスに言った。「ほかのドラゴンたちが、いつもぼくのことを変わったやつだって考えないことだよ。誰もがイスキエルカの意見を尊重するわけじゃないけど、だからと言って、疑ってかかるってわけでもない」

「慈善《じぜん》行為に価値がないと思うのはよくないよ」ローレンスが言った。「どんな反対意見に出会ったとしてもだ。竜疫《りゅうえき》が蔓延したとき、イスキエルカはフランスのドラゴンたちの運命を心の底から心配したかい?」

「いいや、ぜんぜん」テメレアは言い、ちらりと横目を使って尋ねた。「ローレンス、あなたには、ぼくらが今回もやるべきことをやったという確信があるんだね?」

「もちろんだ」ローレンスは言った。「考えてごらん、愛しいテメレア。一週間前、クルンギルには死が迫っていた。でもいまは着実に体重が増え、きみを流砂から救い出すときも力になった。今後の進歩が大いに期待できる、と言わなければならないな」

それはテメレアの見立てとはいささかちがったが、ローレンスが竜疫のときと今回の行動をそんなふうに結びつけているのを知って、大いに元気づけられた。ときとして、ローレンスが悔《く》いているのではないか、なんらかの失望を味わっているのではないかと考えはじめるときがあり、それについて何度となくローレンスに尋ねてきたのだ。クルンギルとずっといっしょでもかまわない、とテメレアは思った。ずっとクルンギルを背中に乗せて飛びつづけてもかまわない――そうすることで、ローレンスが心を痛めずにすむのならば。

そして突然、それが自分の心をも慰めることに気づいた。そうだ、ディメーンがもう自分のものではなくなったと感じなくてもすむようになる。クルンギルを背中に乗せているかぎり、ディメーンは自分のクルーのようなものなのだから。

「いいかい」と、テメレアは熱心に耳を傾けているクルンギルに向かって言った。「もし空中戦になったとき、きみがぼくの背中にいれば、実際にすごく役に立つんだ。きみがいれば、敵ドラゴンから兵士はひとりもぼくの背中に飛び移ってこられないからね。ただし、きみはこれ以上あんまり大きくならないように努力しなくちゃいけないよ」

「わかった、ぼく努力する」クルンギルはそう言ったが、舌の根も乾かぬうちに、目の前にあったトカゲの下半身を口に入れ、頭をのけぞらせてごくりと呑んだ。大きな肉塊が喉を通過していくのが外からでもわかる。ほらね、こんなに食べましたよ、と宣言しているようなものだ。

「だめだよ、それじゃあ」テメレアはむっとして言った。

一行はさらに飛びつづけても、充分な水を得られなかった。いくつか水場を見つけたものの、ほとんどが干上がっていた。日中の炎暑のせいにするには、いささか疑わしいところもあった。

「きっと、あいつらが示し合わせて、ぼくらの行く先々の水場を涸《か》らすつもりでいるんだ」テメレアは、岩のくぼみにたまったわずかな水を舐めながら、苛立って言った。全員にゆきわたるようにするために、いつも自分の飲む量を抑えなければならない。

「ねえ、土をもっと掘り返そうよ。あたしが火を噴いて、そこを焼き払ってあげる」イスキエルカが提案した。「そうなったら、やつらだって出ていくしかない。あたしたちを困らせないほうがいいって思い知らせてやる」

「なんで、そんなにけんかっ早いんだ？」カエサルが言った。「連中の住みかをめちゃくちゃにしてやりたいと思ってるんだから、やつらに好かれてなくて当然だ。そんなに怒れないんじゃないかなあ。真夜中にはっと目覚めたら胸まで砂に埋まって——なんてのは想像するのもいやだよ。それより、カンガルーの一、二頭でも置いといたらどうだ？　やつらのご機嫌がとれて、水をくれるんなら、しめたもんだ」

「あんなひどいことをされたあとで、やつらに贈り物をするって？」テメレアはむかむかして言った。イスキエルカは鼻で嗤《わら》った。

しかし、テメレアとイスキエルカが困惑したのは、ローレンスとグランビーがカエサルの提案に大いに乗ってきたことだった。「まあ、考えてごらん。ここまで広範囲におよんで敵対勢力から嫌がらせをされているのは、とても厄介《やっかい》な状況だ」ローレンスは言った。「彼らがなにかを伝えようとしているとは考えられないだろうか？根拠なく、そんなことはありえないと思いこんでいるだけじゃないかな」

「それに、ぼくたちがここにいるのは、バニャップにけんかを売るためじゃありません」と、グランビーが言った。「ぼくたちの目的は、卵を奪い返して、この非情の荒野から脱出することだ。やつらがここに棲《す》みたいんなら、それはそれでかまわないんじゃないですか？」

さらにテメレアとイスキエルカを困惑させたのは、ランキンひとりが異を唱えたことだった。「賄賂《わいろ》など贈ったら、つけあがらせるだけだ。そして、人間をいっそう価値の高い餌食《えじき》と考えるようになるだろう。一頭残らず殲滅《せんめつ》すべきだ」

テメレアとしては、バニャップの巣を焼き払うというのは、こそこそと隠れている連中を穴から燻《いぶ》し出し、真《ま》っ向《こう》から戦わざるをえない状況に追いこむという点で、優れた作戦だと思っていた。なので、それを返上するのは残念ではあったけれど、あきらめることはできた。ただし、バニャップに贈り物としてカンガルーを与えるというのが、どうしても納得できなかった。

「カンガルーが無駄になるって言うなら、あいつの胃袋に送りこむのとどっこいどっこいだと思うけど」カエサルが言った。〝あいつ〟というのはクルンギルのことだ。

テメレアは、自分が狩ったカンガルーを一頭だろうがバニャップに与えるくらいなら、いっそ二十頭のカンガルーをクルンギルに与えるほうがましだと思った。

「もし、ぼくらが最初からやつらの住みかをめちゃくちゃにしていたのなら、やつらのやることにも正義があると認めるよ。だけど、そうじゃなかった。そもそも、仲間がさらわれて食い殺されてしまうまで、ぼくらはやつらがこの土地にいることすら知らなかったんだ。それに、野蛮だよ。謝って贈り物をしなくちゃならないのは、やつらのほうだ。なのに謝りもせず、今度は水を盗んで、さらにけんかをふっかけてくる」

「もしこの土地に水を引きこんだのがやつらなら、〝盗んだ〟とは言えないんじゃないの？」カエサルが言った。

いや、そんなふうに考えるのはばかげている、とテメレアは思った。それではまるで、バニャップが水をつくったみたいだ。水はもともとこの土地にある。バニャップはその水脈を自分たちに都合よく利用し、人間をおびき寄せる罠をつくっているだけだ。これもまた、こそこそとして下劣で、ろくでもないやり口ではないか。

テメレアは言った。「とにかく、ぼくらに水を飲ませたくないなら、そう伝えればよかったんだ。やつらは水を利用して罠を仕掛け、水がまるで自分たちのものじゃないみたいに見せかけた。だったら、ぼくらがその水をいつもと同じように使ったとしても、文句なんか言えないと思うな」

一か所にほんの少ししかない水を求めて何度も地上におりなければならないのは不便だった。毎回わずかな量しか飲めないので、喉を潤《うるお》す爽快《そうかい》感はなく、よけいに渇きがつのった。あの流砂との苦闘によって、テメレアの前足と体の後ろ半分には不快な痛みが残り、飛び立つときには、いつになく力を使わなければならなかった。

テメレアは小さなため息をついた。また飛行しながら徹底的に地上を調べなければならない。中国から持ちこまれたかもしれない磁器や絹地などの小片がないかと、目を凝らさなければならない。もちろん、もう一度道を見つけられればうれしいが、目的地までまっすぐに飛べるほうが心地いいに決まっている。

しかしながら、半ば干上がった新たな水場にたどり着く少し手前で、一日の終わりにようやく、テメレアは地表にかすかに動くものをとらえた。地面に映し出される不自然な影――。

一瞬にして、それが一頭のバニャップだと気づき、急降下した。バニャップは弾けるように走り出し、砂地を越えて、剝《む》き出しの地面に向かった。テメレアが追いつくとほぼ同時に、そいつは激しく身をくねらせて地中に頭から突っこみ、土砂を山と降らせて姿を消した。

驚異的なすばやさだった。テメレアは着地し、まだ掘られたばかりのトンネルにかぎ爪を突き立てた。が、手応えはなかった。尻ずわりになり、息をシューッと吐いて威嚇する。

「出てこいよ、このモグラ野郎！」トンネルの穴に向かって叫び、振り返って言った。「ローレンス、バニャップどもを燻し出しちゃだめかな。そんなに遠くまで逃げてないとしたら、煙が効くと思うんだ」

「それをすれば、果てしなく戦いつづけることになる」ローレンスが言った。「そして、卵を見つけるのがさらに遅れてしまう。行こう、テメレア。捜索をつづけよう」「こうも考えられるんじゃないかな」竜医のドーセットがテメレアをじっと見つめて言った。「地中の穴を利用して狩りをするのは、彼らの習性だ。そして、わたしたちは、自分たちがひとつの土地に踏みこんでいく結果がどうなるかについて、あまりに無頓着《むとんじゃく》だ。結局のところ、きみは彼らが命をつなぐために必要とするカンガルーを食べている。だから、わたしたちがバニャップの捕食に怒るのは、牛がきみを恨むくらい理屈に合わないことではないかな」

この主張に、テメレアの心はかなり揺れた。少なくとも、バニャップを追い詰めるのをやめて前に進もうという気持ちになった。そしてその夜、テメレアは、ゴン・スーが乏しいカンガルーの肉でつくった煮込み料理を見つめながら、頭のなかで考えをめぐらし、ローレンスに言った。「牛の気持ちなんて、考えてみたこともなかったよ。牛は、ぼくらのことなんか、なんとも思ってないだろうって思ってた」

「牛は愚鈍《ぐどん》な生きものだから――」と、ローレンスは言った。「そういうことまで考えがまわらないかもしれないな。どんな動物も自分と子の命を守ろうとするが、理性的な生き物と同じようには考えていないんじゃないだろうか」

「でも、それを証明できる?」テメレアは言った。「結局、自分の考えだけにとらわれてると、あのサルコムとかいう学者みたいになっちゃって、ドラゴンは愚鈍なけだものだなんて言い出すことになるんだよ。バニャップはぜんぜんしゃべらないけど、愚鈍なけだものじゃない。ぼくはそう思う。ただ底意地が悪いんだ。もちろん、不愉快な罠をつぎつぎに仕掛けてくる知能があるからといって、分別まで備えているとは言えないと思うけどね。もし牛がうんと賢かったら、そういうことで文句を言いたがらないいんじゃないかな」

「もし、牛たちが文句を言うくらいなら食べられたほうがましと思っていればだけどね」ローレンスがおもしろがるような表情を見せた。「まあ、どっちにしても、そんなに重要な問題とは思えないな」

「たぶん、牛たちは食べられるなんて考えていないんだよ、あんなにおいしいのにね」テメレアはため息をついた。「牛のためなら、ぼくはなんだって差し出すだろうな、ローレンス。あ、不満を言いたいんじゃないよ。あんなに骨を折ってくれるゴン・スーには感謝してる。でも、カンガルーはちょっと旨みに欠けるね、正直なところ」

その夜は見張りをひとり立て、テメレアとイスキエルカは二度、眠る場所を変えた。地中に突き刺した棒が、地盤が揺らぎやすくなっている怪しい兆候を示したからだ。そしてカエサルが眠っていた場所に、突然、すりばち状の穴があいた。カエサルは、大量の砂とともにその穴に転がり落ちて、埋まってしまいそうになった。大声をあげて、野営で眠る隊の全員を起こし、ピストルの弾が数発、闇のなかに空《むな》しく放たれ、この大騒ぎで軍需品《ぐんじゅひん》の蓄えを無駄遣いした。

「頭をあげていなさい」ランキンが、片手をカエサルの首において言った。ランキンは砂が注ぎこむのと同時に跳んで逃げたが、いままた穴に跳びこんで、この若いドラゴンを落ちつかせようとしている。「明かりを持ってきてくれ。シャベルもだ。上に積もった砂をいくらか除いたら、あとは自力で抜け出せるだろう」

カエサルが穴から脱出して騒ぎが落ちつくまで、およそ二時間かかった。カエサルは、居心地は悪いが安全な岩の上に身を落ちつけた。誰ひとり静かでやすらぐ夜を過ごせた者はいなかった。

朝になり、ゴン・スーの煮込みの汁が洩れ出てしまっているのが見つかった。地面に掘った調理穴の下の土が、ほんのわずかに、やはりほかの事例と同じように故意に動かされていた。テメレアは、ゴムのように味気ない、出し殻の肉で我慢するほかなかった。昨夜なにも口にしていないので、食べなければ、ますます腹が減る。肉はおいしくなかった。誰もが喉がからからで苛立っていた。

イスキエルカは、バニャップの巣に火を放ち、彼らを煙で燻し出し、徹底的に戦うことを望んだ。しかし、乾燥した土地で火焔《かえん》を使えば大火災を招きかねず、どれだけいるかもわからない敵に対して四頭のドラゴンで——しかもそのうち一頭は半人前、もう一頭は飛べないという構成で——戦いを挑むのは、現実的ではなかった。しかも、物資の補給も望めないという状況だ。ローレンスの見るところ、テメレアは理性的になろうと努めていた。いや、もしかしたら、空腹のせいで、いつになくプライドが目減りしているだけかもしれないのだが……。

テメレアは言った。「ぼくはいま、戦いたいとは少しも思わない。でも、やつらに仕返しをする時間がないわけじゃないさ。目にもの見せてやろう。ただし、卵を無事に取り戻したあとで。そのときこそ、やつらを片づけてやる。あるいは——」少しの間をおいて言った。「行いを改めるなら、チャンスを与えてやってもいいと思ってるよ」

その日の午後、全部で六頭のカンガルーを仕留めると、半ば干上がった新たな水場に立ち寄り、最初に見つけた隠蔽用の土のマットのそばに六頭のうちの一頭を置いた。そして、いつもなら水場のまわりを掘り返すところだが、今回はそれをしなかった。

イスキエルカは地面に置かれたカンガルーの貢《みつ》ぎ物に険悪なまなざしを注ぎ、じっと考えこんでいた。クルンギルもそれを見つめていたが、イスキエルカとはちがって物欲しげな表情を浮かべている。しかし、やがてあきらめて自分の分け前に集中した。イスキエルカもぶつぶつ言いながら同じようにした。テメレアは喉の痛みも忘れるほどの空腹だったので、カンガルーを煮込みにしないで、軽く焼いたものを一頭食べた。髄《ずい》を味わうために硬い骨も噛み砕いた。それでも肉や骨を呑みこむたびに、喉の痛みにびくっとするのを見て、ローレンスはかわいそうに思った。

「消えてるぞ!」突然、叫ぶ声が聞こえた。全員が食事に専念しているあいだに、カンガルーの貢ぎ物が消えてしまったことに、ローレンスは気づいた。そして、いつものことながら、敵のすばやさと神出鬼没《しんしゅつきぼつ》ぶりに驚いた。

しかし、その休憩のあいだ、バニャップからいやがらせを受けることはなかった。こちらからもあえて無茶をしなかった。誰も茂みの近くにわざわざ行くことはなかったし、水飲み場には絶えず見張りを立てた。

その日の夕べも、昼と同じことを繰り返した。新たに見つけた泉のそばには石を多く含む硬い地面があり、ここなら安全に野営が張れるだろうとローレンスは考えた。その立地のおかげか、あるいは賄賂《わいろ》を贈ったせいなのか、バニャップから攻撃されることはなかった。テメレアはふたたび、炙《あぶ》っただけの自分の分け前の肉を思いきって食べた。

どんな手段を用いているかは不明だが、バニャップの情報伝達の速度は、隊の移動速度を上まわっていた。サルカイは、密輸団の道に関する新たな手がかりが得られるかどうかについて楽観していなかった。テメレアやイスキエルカが熱心に切れ端やかけらをさがしても、それを焚きつけるようなことはせずにただ静観した。

「密輸団ははたしてこの針路の先に、つまり大陸の中央部のどこかに活動拠点を持っているのでしょうか？　もし、この先になにもないのなら――」と、サルカイが言った。「彼らを捕まえられる望みは断たれます。つまり、いまここで、数年前のものとおぼしき破片や土に埋もれた切れ端、そんなものを頼りに道をさぐってみてもしかたがない。われわれはもっと複雑にからみ合う運命に希望をつないだほうがいい。ほんとうにこの先になにかがあるのかどうかを、早く確かめたほうがいいのではありませんか?」

それからは、この辺境の地での調査を少なめにし、スピードをあげた。テメレアの羽ばたきが、赤い大地を呑みこむように力強さを増した。さまざまなかたちを描いて波打つ砂丘が黒い翼の下から消え、もう一度だけあらわれたのちに、ふたたび後方に流れ過ぎた。

砂漠の荒野――どちらを向いても同じ景色がつづく、青く霞《かす》んだ地平線の奇妙な丸みで縁取られた一律《いちりつ》で不毛な世界――はこれで終わりかもしれない。低い砂丘のなかから時折り盛りあがる砂山、青白く広がる塩盆も、細い流れや水のたまったくぼみも、つぎつぎに後方の地平線上の景色となり、やがて見えなくなった。

そして突然、おぼろな大きな固まりが前方に出現した。最初それは、地平線上に低く漂う雲のように見えた。しかし、雲のように流れてはいかず、近づくほどにぐんぐん大きくなり、とうとう、夕日をまばゆく照り返す赤煉瓦《れんが》色の途方《とほう》もなく巨大な一枚岩だということが判明した。

平らな台地からそこだけが切り株のように隆起していた。異様で巨大な丸屋根のドームがいくつも密集しているかのようにも見える。あばた状の表面に灰色の縦縞《たてじま》が走り、頂上に緑の苔《こけ》らしきものがうっすらと生えている。近づきながら、テメレアは飛行速度を落とした。ローレンスは、このような特異なかたちを持つ巨大な物体が大地に単独で存在しうる不思議さに心を打たれた。

それは、あまりにも巨大であるため、空中からでも全体像を把握できず、見る角度によってかたちを変えた。時の経過とともに、最初に遭遇《そうぐう》したときの強烈な色彩が褪《あ》せていき、紫がかった夕日が巨大な物体の存在感を薄めて空となじませた。

その頂上はバニャップからの恰好《かっこう》の避難所になったかもしれないが、一行は着地しなかった。目立たない場所に野営を張るのが習慣であったし、頂上まで上昇するにはドラゴンたちが疲れすぎていた。誰もが異様な赤錆《あかさび》色の風景に慣れはじめていたが、その巨大岩だけは、まわりから突出した異質な存在として、この世ならぬ禍々《まがまが》しさをたたえていた。

一行は、巨大岩から少し距離をおいて、いくつかの砂山のてっぺんに分かれて野営を張った。近くには小さな流れがあったが、バニャップがそこを仕切っているという兆候はなく、いまとなっては、それが少しもの足りなくさえあった。四人たちが小川が湾曲するところに穴を掘ると、その底に徐々に水がたまっていった。ローレンスはテメレアとともに、南半球の星々がめぐる空の下、不可思議《ふかしぎ》な遺跡のような巨大岩が闇に溶け、消えていくのを見守った。

見えない巨大岩の影に包まれるように、静かな一夜が過ぎた。夜明けどきになり、テメレアが言った。「ローレンス……ねえ、ローレンス。もうひとつ増えたみたいだ、ほら、あそこ」

ローレンスは起きあがり、かなり遠くにそそり立つもうひとつの大きな岩を見た。それもまた、荒野のなかに、たったひとつだけで存在している。朝焼けのなかに絞り出された、ピンク色と淡いオレンジ色の巨大なクリームのような……。

テメレアがおもむろに言った。「──あれ、ドラゴンじゃない？」

イスキエルカも目覚めて、それを見た。

カエサルが言った。「へへん、ドラゴンじゃなきゃなんだって？ 遠くからでも、ちらっと見るだけで、すぐわかる。巨大岩のそばに立ってて、赤い壁面に影を落としてる。翼を開いてるぞ。でかい翼だ、まだ半分しか開いていないのに。人間たちの黒っぽい影もちらちら見える。ドラゴンのまわりで動いてる。地面に荷物が置いてあるんだ。縛られた荷物や箱や……。ドラゴンに載せて運ぶつもりのようだな。小さな鞄《かばん》もある。ドラゴンの荷物の積み替えをやってるみたいだな」

イスキエルカが言った。「ちょっと、ぼけっとしてる場合じゃないわよ。見に行こう。もし、その荷物のなかに――」

「ふふん！」テメレアが声を張りあげた。「あれは卵だ！　さがしてた卵だよ！」テメレアの言うとおり、厚く包まれた丸い荷が男たちにかかえられ、ドラゴンの胸に吊したネットにおさめられようとしている。

ローレンスは、テメレアの胸飾りの鎖をつかみ、すんでのところでテメレアを制した。テメレアが勢いよく飛び立とうとし、イスキエルカもつづこうとしていた。こちらの存在は、地上にいる人間たちからは、まだ見えていないはずだ。ローレンスの見るところ、慌ただしさはない。とっさの自衛に走るような動きもない。

見慣れぬ奇妙なドラゴンが立ちあがり、悠然《ゆうぜん》と翼を開ききった。なんと、その翼長は体の二倍、いやそれ以上あった。巨大な翼の羽ばたきと力強い跳躍で、ドラゴンは宙に舞いあがった。大きな羽ばたきが一回……二回……三回。それだけでもう、大きく開ききった巨大な翼が風をとらえていた。ドラゴンは北に針路をとった。

「戻ってこい！」テメレアが叫び、またたく間に宙に舞いあがった。が、「そうだ、待った！」と言うと、空中停止《ホバリング》し、息を深く吸いこみはじめた。〝神の風《ディヴァインズ・ウィンド》〟で遠く離れた敵を打とうと、テメレアの胸がゆっくりとふくらんでいく。

「テメレア」ローレンスは鋭い声を発した。「テメレア！　だめだ。きみの喉はまだ──」

「早く、早く！」イスキエルカが宙で輪を描きながら言った。テメレアが〝神の風〟を使う以上、前には進めないことに苛立っているのだ。

テメレアは肩を引き、さらにもうひと息を吸いこむと、かっと口を開いた。しかし咆吼《ほうこう》は、はじまったと思ったつぎの瞬間には止まっていた。胸の内側で共鳴がはじまろうとして、やんだ。

ローレンスは、さざ波のような震えがテメレアの体を走り抜けていくのを感じた。テメレアの口から発せられた音は、まるで楽器の弦が切れるように、ピシッと弾けた。

テメレアは体をこわばらせて咳きこみはじめた。何度も何度も咳きこみ、ぜいぜいと苦しげに呼吸した。そしていきなり砂地に降下し、頭が胸につくほど深くうなだれた。

第三部

13　長い旅路《たびじ》の終わり

　とにもかくにも、追跡を開始した。四人たちが急《せ》かされてテメレアの腹側ネットに乗りこみ、クルンギルを乗せたカエサルが、テメレアたちのあとにつづいた。テメレアとイスキエルカは体をまっすぐに長く伸ばし、能力の限界まで速度をあげて飛びつづけた。そのかいあって、ローレンスの望遠鏡のとらえる翼影《よくえい》が少しずつ大きくなり、とてつもなく長い翼がレンズの枠からはみ出すくらいまで距離を詰めることができた。

　息苦しいほどの炎暑のなか、くだんのドラゴンをつねに視界におさめながら前進した。やがて夕暮れどきになり、暑さは少しましになったが、まだ休憩はとれそうになかった。追われるほうが休まないのに、追うほうが休んでいるわけにはいかない。

　夜になって、銀色の月が煌々《こうこう》と輝いた。ローレンスはドラゴンの姿をとらえつづけるのにひどく苦労した。それは星々のあいだを動く黒い染みとなり、いっこうに休もうとしなかった。翼を開ききったまま、時折り一、二度羽ばたくと、あとは風をとらえて滑空《かっくう》した。ミサゴやアホウドリなどの海鳥のように空の高みに悠然と浮かび、地上にいるときよりも体から力が抜けているように見えた。

ここへきて、ドラゴンとの距離がふたたび開きつつあった。テメレアの苦しげな呼吸に喘鳴《ぜんめい》が交じるようになり、イスキエルカの速度もしだいに落ちた。すでにまる一日飛びつづけているのだ。飛びながら小さな獲物を狩り、小川で慌ただしく水を飲むとき以外、地上におりることはなかった。

「水場を発見!」グランビーの声がふたたび、虚空《こくう》を渡って小さくだが鮮明に届き、テメレアはイスキエルカとともにきらめく水流のきわにおり立ち、水を飲んだ。四肢は震え、翼が地面の近くまで垂れていた。

グランビーが地面に飛びおりた。ローレンスは、「ミスタ・フォーシング」と声を落として呼びかけた。「荷を解いて、野営を張ろう。水場を避けて、あの岩場の近くにしてくれたまえ」

「イエス・サー」と、フォーシング空尉が短く答えた。追跡に失敗したという事実が全員に重くのしかかっていた。

テメレアとイスキエルカは、ひと言も発しなかった。がぶがぶと水を飲み、荷がおろされるや、砂の地面に倒れ伏して眠りに落ちた。フォーシング空尉の指揮のもと、ピストルやナイフを持った飛行士たちが密集方陣隊形《ファランクス》をつくってまわりを固め、四人たちが急いで水筒や水差しを満たした。水汲みが終わると、全員で安全な岩場に戻り、乾パンをかじり、少量の熱いお茶を飲んだ。

「なにが腹立たしいって、逃げるそぶりさえ見せないことですよ。こっちに気づいてるかどうかもわからない」グランビーが疲れきった声で言った。両脚を交互に曲げては伸ばし、ほぼ二十時間の飛行でこわばってしまった筋肉をほぐしている。ローレンスはまだすわる気になれなかった。腰をおろしたが最後、立ちあがれなくなりそうだ。

「気づいてないのだろうな」ローレンスは言った。「あちらのクルーは全員、腹側で日差しを避けて、わたしの見たかぎりでは睡眠をとっていた。あのドラゴンも、一度も周囲を見まわさなかった」首を振ってつづける。「飛びながら眠っていたのかもしれない。テメレアも、長距離飛行のときにそうするんだ」

「半分寝ているようなものですね」グランビーがうなずく。「あの翼、あれはなんですか？　世界二周ぐらいはやってのけそうだ。あんなのはじめて見ましたよ。野生種じゃなくて、交配種ですよね。いったいどんな掛け合わせなのか知りたいもんです。

この国であれのほかには一頭もドラゴンを見かけなかったというのに」

「あの警戒心のなさからすると、見つかることなど想定外なのですよ」サルカイが静かに言った。「振り返らなかったのは、なにかをさがす必要がないからです。追われることなど想像もしていないのでしょう」

「あのドラゴンは海を渡って、この大陸に連れてこられたんでしょうか？」グランビーが言った。「ジャワ島あたりなら、あんなのがいて島々を飛びまわっていそうだ。それにしても、どうしてこれまで一度も見かけなかったんだろう？　あのドラゴンの卵が手に入るなら、五十万ポンド払ってもいい」

「わたしならもっと払う」ローレンスは思わずそう言ったあと、テメレアのほうをちらりと見た。頭を横腹にうずめるように眠っており、長い飛行の疲れから赤い砂塵にまみれた鼻づらを拭かせる短い時間すら起きていられなかったようだ。「――あのドラゴンに追いつけるなら」と、言い足した。

巨大な翼のドラゴンは完全に消えてしまった。翌日、一行はカエサルたちが追いつくのを待つことにした。疲労困憊で合流したカエサルは不機嫌の固まりになっていた。

「へっ、きみらは、ばかみたいにすっ飛んでったあげく、卵を取り返せなかったわけか。おいらはそのあいだ、このでくのぼうにしがみつかれて、一日じゅう、のろくさ飛ぶしかなかった。おまけに、こいつときたら、なにもかも食べちまう」

クルンギルはお替わりのカンガルーを丸呑みするのに夢中で、カエサルの苦情には取り合わなかった。しかし、カエサルの言い分ももっともで、クルンギルの体はたった一日のあいだに、ひとまわり大きくなったように見えた。これからますますもって厄介なお荷物になりそうだ。カエサルの体重はいまでは八トンくらいになっていたが、クルンギルのほうは、あと一日とたたずに、一トン近くまでいってしまいそうだ。

「カエサルにはこいつを二度と運ばせんぞ」ランキンが言った。「甘ったれの運搬役など押しつけられて、カエサルの成長が妨げられるようなことがあっては困る」

「ぼく、ごめんなさいって言ったよ」クルンギルが甲高い声で言った。「だけどお腹ぺこぺこでどうしようもないんだ。でも、きょうは自分で飛べるかも。そしたら、みんなの足を引っぱらずにすむよ」

イスキエルカが腹立たしげに言った。「きのうもおとといも飛べなかったくせに、なんできょうは飛べるって言うかな。いいかげんにしてよ。まあ、いいわ、あたしが乗せてあげる。あたしは文句たれじゃないから」

クルンギルが、イスキエルカの棘だらけの体を悲しげに見つめた。実際やってみると、クルンギルをイスキエルカの背にうまく収めるのは、ややこしい立体パズルを解くようなものだった。クルンギルのほうにもけっして少なくはない突起があり、それらが硬い角《つの》のように硬化しはじめていて、クルンギルが身をよじらせてイスキエルカに乗りこむと、互いの突起がぶつかって派手な音がした。「これでなんとかするしかないわね」イスキエルカが言った。「じゃ、ストラップでしっかり押さえつけて。あんたはごそごそ動かないで」

ドーセットが出発前の最後の検査を終えて、テメレアの喉もとから這いおりてきた。「重傷という表現でも足りないくらいです。いたるところで血管が破れ、治りかけていた火ぶくれが生傷に戻っている。喉の傷のためにならないことばかりでしたね」

ローレンスは小さくうなずくだけにした。やってしまったことを、いまさらどうこう言われても、とり返しようがない。「で、どうしろと?」

「休息です」ドーセットが言った。「体を休め、脂身の多い塩漬け豚肉など、やわらかいものを食べることですね。ですが、こんな状況では、喉を酷使しないことぐらいで対処するしかありません。治りきる前にまた吼えようとしたら、どうなっても責任は持ちませんよ。とにかく、いっさいしゃべらないこと」

テメレアには会話の禁止がおもしろくなかった。いつもなにかを考えているのに、それを誰かに話せないのは、ひどくもどかしい。飛行中に首をめぐらしてなにか言おうとすると、ドーセットが顔をあげ、赤い砂塵で汚れた丸眼鏡の奥から〝錐《きり》のような眼〟で見つめてきた。実は、錐というものの正体をよく知らないのだが、想像するに、いかめしく不機嫌そうな、細長い顔をしたうさん臭い生き物であるように思われた。とにかく、錐のような眼で見つめられると、言おうとしていたことも頭から消えてしまうのだ。

声を出してもそんなにひどく痛むわけではなく、自分では会話を禁止されるほどではないと思っているのだが、とにかく喉の症状が改善することを心から願った。スープと粥という代わり映《ば》えのしない食事もいやだが、吼えられない自分をたまらなくみじめに感じた。もちろん、飛べないことほど悲惨ではないので、飛行も咆吼もできないクルンギルは哀れと言うほかなかった。〝神の風《ディヴァインズ・ウィンド》〟がセレスチャル種の証《あかし》だとしても、それ以前に、ただ吼えることがドラゴンとして存在するために特別な意味を持つことを、テメレアは本能的に感じとっていた。

ひょっとして、これはある種の天罰なのだろうかと、少し暗い気持ちで考えたが、どこからそんな思いが湧いてきたのかよくわからなかった。囚人たちがやたら〝復讐の女神〟の話をしているけれど、ローレンスは、神が生きている人間に褒美《ほうび》や罰を与えるという考え方に否定的だ。でも、死んだあとになって神の裁きを受けるというのは、どういうことなのか。死後に裁きを受けたところで、その結果を喜んだり悲しんだりできないのではないだろうか。

もっとも、ローレンスは軍の階級も財産も失ったのだから、自分が〝神の風〟を失うのは、残酷な仕打ちではあるけれど、なんとなく公平であるように思われた。そんなことを考えているうちに不安がつのり、夕刻になると、エミリーにそっと頼んで、かぎ爪飾りを持ってきてもらうようになった。かぎ爪飾りをためつすがめつし、エミリーが磨きあげるところを見ていられればよかった。日中に飛行しているときには、胸飾りに何度も目をやるようになった。

語りたいほどの話題がそれほどないのは、会話を禁止されたつらさをやわらげる、ささやかな救いだった。巨大な翼のドラゴンは彼方《かなた》へ飛び去ってしまい、乗員たちの野営のあとさえ見つけられなかった。たまに数本の骨や血まみれの毛皮の切れ端が落ちていたり、ドラゴンが上空から獲物を襲ったときの、かぎ爪で砂をえぐった跡が地表に残されていたりした。

一度だけ、水場にドラゴンが舞いおりて水を飲んだ爪痕がいくつかと、人間の足跡が見つかった。サルカイがそれを調べて「四、五日前のものですね」と言ったのは、テメレアたちが追跡をはじめて一週間後のことだった。とすれば、あのドラゴンはもう相当に遠くまで行ってしまったにちがいない。

巨大な翼のドラゴンは、少しだけ西寄りの、ほぼ真北に直進していた。ローレンスはこれまでの飛行経路を自分の地図に記しており――ただし、自分たちが地図上の広い空白部分のどこにいるのか確定するのは無理なので、結論づけるわけにはいかないが――どうやらこのまま進んで行けば、最後はこの大陸の北海岸にあるひとつの湾にたどり着くはずだった。そこは最近になって探検調査が進められた土地だった。

「確かここは――」と、ローレンスが言った。「詳細探査の対象になっているはずだ。ジャワ島に近いからあのあたりの島々をめぐる海運の拠点港になるし、そこから中国やインドへの航路を開くことも考えられる。非常に価値の高い湾なんだ」

こうして、おおよそではあるが目的地が定まると、長く単調な行程だとしても、あとはひたすら飛んでいくしかなかった。ローレンスがいささかためらいがちに、卵はすでに孵化していておかしくないし、そうでなくとも、孵化の日が迫っており、新たに登場したドラゴンのもとで管理されているのだろうと言った。

「でも、ここで引きさがるわけにはいかないよ」テメレアは言った。「この目で卵を見ちゃったからには、どこかの知らないドラゴンに盗まれたままなんて、気がおさまらないよ」

「演説はそこまで」竜医のドーセットから厳しく言いわたされて、テメレアはその先の意見を言えなくなった。どこのどいつとも知れないドラゴンなんだよ、きちんと卵を世話した経験だってあるかどうかもわからない――そう言いたかったのだ。

こんなふうにえんえんと飛びつづけることにも納得がいかなかった。おもしろみがないし、成果があがるのかどうかもわからない。それでも、地図を見ているときには――声には出さず、心ひそかにだが――滞空能力さえ高ければ、隣の島まではそんなに遠くないじゃないか、と考えをめぐらした。

テメレアにしてみれば、ジャワ島、すなわちインドネシア群島まではたったの二百マイル。ことさら大きな翼でなくとも、本気を出せば、なんとかなりそうだ。そこまで飛べば、ほかのさまざまな土地が近くなる。ジャワ島からシャム〔タイ王国の旧名〕までなら、つねに島影《しまかげ》を視界におさめながら飛べそうだし、行きたければ、シャムから中国まではひとっ飛びだ。

ある午後のことだった。一行は涼しい夕刻と夜間に星を頼りに飛行するようになり、ローレンスが時折り、カンテラの明かりでコンパスを確認し、テメレアの肩に触れて、進路のわずかな修正をささやいた。夜間に飛行する代わりに、日射の厳しい昼間に睡眠をとった。その午後、いっしょに地図を見ていたローレンスが、おだやかにテメレアに言った。「すまないが、そんな飛行計画は心から追い出してもらえないかな」

「でも、ヨーク岬なら……」テメレアは言葉少なに抵抗した。ヨーク岬は、オーストラリア大陸の最北端にある岬で、地図で見ると、この岬から〝ニューギニア〟と記された大きな島の南岸までは、ごくわずかな距離――おそらく百マイルを超えないはずだ。

「わずかな調査報告から得た知識でしかないが、ヨーク岬は入ったが最後、二度と出てこられない密林ばかりだそうだ」ローレンスが言った。「なんとかニューギニアまでたどり着けたとしても、そこから条件がよくなるわけじゃない。それなりの大きさのある島へ行くには、外洋を二百マイル近く越えなければならない。ジャワ島へ行くにも同じくらいかかる。きわめて危険な旅になる。

小さなしくじりも、たやすく大惨事につながるだろう——曇天《どんてん》の日に時間経過がわからなくなり、向かい風にあおられ——どんな見積もりも、どんな計画も、意味をなさなくなる。島影など、どこにも見えないところに放り出される。位置感覚を喪失《そうしつ》し、陸地を発見する一縷《いちる》の望みも消える。かといって針路を変えることもできない。そんなときの絶望がどれほどのものかを想像してみてくれ」

テメレアは小さくため息をついた。なにも話していないのに、ローレンスに心を読まれていたのだ。ローレンスが鼻先に手をおいて、やさしく撫でてくれた。テメレアはローレンスにそっと息を吹きかけた。そして、その計画のことを頭から追い払おうとした。しかしそれでも、晴れた日を選べば、ローレンスが言うほど危険きわまりない旅にはならないのではないかと思った。以前、一日に二百マイルを飛んだこともある。あれは陸の上ではあったけれど。

とはいえ、今回はそこまで距離を稼げていないのも事実だった。長距離を飛ぶには気温が高すぎる。相当な重さの荷を積んでもいる。イスキエルカは、自分がクルンギルを運ぶと殊勝に言ってみせたものの、結局は文句たらたらだった。無理もなかった。クルンギルは、どんなに注意されようが、依然《いぜん》として途方《とほう》もない量を食べつづけ、ますます大きくなった。ほかのドラゴンがまだ食べている最中に近づき、小突かれても追い払われても気にしなかった。テメレアは、喉が痛むせいで、食べるのがちょっと遅くなってはいたのだけれど……。

テメレアは搭乗する人間と荷の重さに苦しんでいたので、数名の飛行士がカエサルの背に移されたのはせめてもだった。カエサルの成長に合わせて、ランキンが数名の飛行士をクルーとして迎え入れた。さらに、カエサルとも相談のうえで、熟慮《じゅくりょ》の末に、囚人のなかでまじめな何人かを地上クルーに抜擢《ばってき》した。

テメレアは、カエサルの不平が増すだろうと予想したが、カエサルは意外にも、ミスタ・フェローズによって増設された搭乗用ハーネスの留め具を、誰もがげんなりするまで自慢してまわった。そのうえ、クルー全員の名前を暗記し、「おいらの第三空尉のミスタ・デローが、きょうはいい仕事をしてくれた。後ろの積み荷の配置が絶妙だった」だの、「間に合わせの世話係じゃなくて、正規の地上クルーがいるのはすばらしいことだね。これは、あえて言わせてもらうけど、ちょっと体をこすってほしいとか、ハーネスの留め具を微調整してほしいとか、そんなときに歴然とした差となってあらわれるからね」だのと鼻を高くした。

ただし、カエサルがクルンギルにきりもなく文句を言うのはあいかわらずだった。クルンギルが口に入れるものは、すべて自分の取り分をかすめとったものだと決めつけ、みんなが自分の分け前を盗んでいると言い張った。実際には、相応の分け前を確保していたし、テメレアの見るところ、体の大きさと今後の成長という点を考慮すれば必要以上に食べていた。孵化から三か月がたって、カエサルの成長速度が鈍りつつあるというのが、ドーセットの見解だった。すでに三か月もたっていることに、テメレアは驚いた。そんなにも長く旅をつづけていることを、忘れそうになっていた。

「三か月を超えたか」ローレンスがひたいの汗を袖でぬぐいながら、疲れた声で言った。「このペースなら、あと二週間で海岸に着くだろう」

「ローレンス」と、グランビーが小声で呼びかけた。「どうやって戻るかも考えたほうがいいですね。悪いほうに考えるのは好きじゃないんですが、クルンギルの問題は、ますます深刻です。もちろん、ドラゴンとして見ればまだ小さいほうですが、浮き袋が機能を果たしていないので、まるで金の置物みたいな重さになりそうなんです。イスキエルカにとっては、カエサルを乗せて運ぶほうがまだ楽かもしれない。このままでは、クルンギルをどうやって連れ帰ったらいいかわかりません」

　この話を洩れ聞いたディメーンが、思い詰めた表情になった。テメレアは、ディメーンがクルンギルに「あんまりたくさん食べちゃだめだよ、ぜったいに。きょうは、カンガルーを一頭の半分だけにすると約束してくれ」と諭《さと》すところを目撃していた。クルンギルが悲しげに言った。「うん、わかった。でも、残り半分が目の前にあるのに、半分だけでやめるのはとてもむずかしいんだ」それはかなりもっともな意見だったので、テメレアもうなずかざるをえなかった。

　クルンギルは少なくとも選《え》り好みはせず、ほぼなんでも食べた。ヒクイドリが多めに獲れたときも、クルンギルなら羽根がついたままでも平気なので、処理する手間が省《はぶ》けた。テメレアもスープや粥以外のものが食べたくて、味見のつもりで小さな手羽を試してみたが、嚙み切ることすらむずかしかった。羽根がじゃまで嚙むのに苦労するし、味は好みではないし、まるでロープか帆布《はんぷ》でも口に入れているようだ。

　テメレアは降参し、ゴン・スーがスープに加えられるように鳥を地面に置いた。クルンギルが肩をすくめて言った。「丸呑みしちゃえばいいんだよ」頭をのけぞらせ、口のなかのものを呑みくだし、軽く身をよじって胃に落とした。

「そんな食べ方だから、食糧をひとり占めすることになるんだ」カエサルが言った。「おいらたちには、ぜんぜんまわってこないぜ。そんなに食べて、いったいなんの役に立つんだか」

テメレアは、フンと鼻を鳴らし、声を出さずに不興を示してやった。カエサルはすでに二羽食べており、もうそれ以上は必要ないはずだった。しかし、クルンギルはあんなにさっさと呑みこんでしまって、食事を楽しめるものなのかどうか、確かに不思議ではあった。

テメレアは思考があてもなくさまよいつづけていることに気づいた。星々がゆっくりと天をめぐる夜半の飛行中も、午後に地上で休むあいだも、ずっとそんな状態がつづいた。しゃべれないので、静寂《せいじゃく》を破るために会話を切り出すこともできなかった。毎日がのろのろと過ぎ、それぞれの日の区別が曖昧《あいまい》になった。夜の大地は翼の下を流れ過ぎ、昼に両翼で頭をかかえて熱風を避けながら休むと、翼に吹きつける砂塵がなにかをささやいているように聞こえた。

日々の区分がぼやけていくのを、それほど気にしなくなった。そのほうが重苦しい不安がやわらぐようにも思えた。夜に飛び、昼に休むという生活を好むようになった。飛びつづけなくてもよいなら、昼間に焼けつく日差しを浴びることも喜びに変わった。

夜を徹して飛び、朝になっても飛びつづけ、午前のどこかで水場を見つけると、一行は地上におりて野営を張った。テメレアはかならず、ローレンスとクルー全員が岩場の安全な場所に落ちつき、狡猾《こうかつ》なバニャップに二度と襲われないように見張る者がいることを確かめたうえで、ようやく体を心地よく伸ばし、灼熱《しゃくねつ》の日差しに炙られながら、数時間の睡眠をとった。

その日、テメレアはしばらく休んだあと、あくびをして頭をもたげ、目を細くあけて周囲の影を眺めた。正午を少し過ぎたころで、あいかわらず暑さが厳しく、飛行中でないことをありがたく思った。腰をあげて水場まで行って喉を潤し、戻るところでクルンギルの異様な変化に気づき、思わず顔をしかめた。

クルンギルの脇腹がいつも以上に大きくふくらんでおり、頭と四肢をぶらぶらさせて腹這いになるというありえない姿勢で眠っていた。テメレアが頭をさげて軽く押すと、クルンギルは寝返りを打つことも横になることもなく、そのまま地面をぽんぽんと弾んでいった。

クルンギルは頭をあげると、目をしばたたき、非難がましくテメレアを見つめて言った。「寝てたとこなのに……」

「なにをやってるんだい?」テメレアは、声を出して尋ねずにいられなかった。「きみ、飛ぼうとしてるの?」

昼寝から起こされた竜医のドーセットが、寝ぼけたまま、苛立たしげに言った。「成長の速度からして、予想の範囲内だ。つないでおいてくれ」それ以上の説明はせずに、また眠ろうとした。

「予想の範囲内とはどういうことだ?」ランキンが言った。「もうごまかしはたくさんだ、ミスタ・ドーセット。クルンギルは今後どうなる? わたしの記憶にあるかぎり、自分の意思とは無関係に飛んでいってしまうドラゴンの話など聞いたことがない。今後ますます厄介者になるというのであれば、いまここで、はっきりと聞かせてもらおうか」

「珍しくないですよ」ドーセットが、いつになくとげとげしい口調で言った。暑さが苦手で、つねに日陰にいないと、午後にはたいがい顔に赤いまだらをつくってしまうのだ。「たまに見られる現象です、リーガル・コッパー種の幼竜に。つまり、成長しきったとき、最低でも二十四トンになるというしるしです」

この回答にランキンが言葉を失った。テメレアはとくに気にしなかったが、誰もが押し黙ってしまったので、クルンギルに疑わしげな目を向けずにはいられなくなった。確かにたいへんな勢いで成長しているけれど、だからといってこの先どうなるかはわからない。生まれたときの大きさは、テメレアのかぎ爪くらいだったし、いまもテメレアのしっぽの四分の一ほどしかないのだ。

「ドーセット」ややあって、グランビーがテメレアと同じくらい疑わしげな目で言った。「確信があるわけじゃないんだろう?」

「重量級ドラゴンになるということなら、確信していますよ。すでに浮き袋が恒常的に膨張していますから」ドーセットが答えた。「体重の正確な数値については断言できませんし、ここまで極端に、体格に不釣り合いなほど浮き袋がふくらむ例をぼくは知りません。しかし、このような兆候を見せる幼竜は、間違いなく重量級に成長する。

たとえ成長過程のどこかで体重が伸び悩んだとしても、かならず二十四トン以上になっています」

そのあとはみなが無言になった。エミリーだけが甲高い歓声をあげて、ディメーンの肩をばんばん叩いた。ディメーンが疑念と驚きが相半ばする表情で言った。「じゃあ……クルンギルは死なないんだね？」

テメレアは、クルンギルの件に少しだけ心を乱された。そう、やっぱり、自分のクルーからディメーンを失うことになるのだ。だが一方、自分の正しさが証明されたことに、いや、ローレンスの正しさが証明される場に立ち合えたことに、心から満足感を覚えた。もちろん、ぼくだって褒《ほ》められてもいいんじゃないかな。ローレンスの決断を信用し、慈悲の心を示し、今回の喜ばしい結果に貢献したのだから。そう、みんなも信用すればよかったんだ。

そして、この起死回生の逆転劇をさらに痛快なものにしたのが、ランキンの苦虫を嚙みつぶしたような顔と、クルンギルが自分より大きくなると知ったカエサルがこれ以上は文句をたれなくなりそうなことだった。

「この目で見るまでは、信用できないね」カエサルは尊大な口調で言ったが、そのすぐそばから、ゴン・スーがテメレア用にさばいているヒクイドリをくすねようとし、テメレアに尻をひと噛みされて退散した。

クルンギルは、むしろ平静にその報告を受けとめた。「ぼく、死ぬつもりはなかったよ」と、甲高い声で言った。浮き袋がふくらんでも、声変わりはしなかったようだ。「でも、うれしいよ。おかげで、もっと食べてもよくなったし、食べても誰かに小突かれなくてすむからね」そして翼を広げて軽く羽ばたくと、ぎょっとするほどの速さで急上昇した。テメレアはとっさに前足を伸ばし、しっぽの先をつかんだが、それでもまだ宙に浮かんだままだった。「ねえ、ディメーン、見て。ぼくを見て」クルンギルはそう言いながら、翼を片方だけぱたぱたと動かして回転してみせた。

「まあ、重石《おもし》みたいに地面に転がってるよりましか」イスキエルカが言った。「もうあんたを運ばなくてすむのはいいんだけど、ドラゴンがそんなまねしてちゃ、笑われるだけだわ。おりてくるかちゃんと飛ぶか、どっちかにして」しかし、そんな叱責《しっせき》もクルンギルをへこますことはなく、ディメーンはいよいよドーセットの指示どおりに、彼をロープでつないでおくしかなくなった。近くにある岩がどれも平べったく、ロープを巻きつけるのに適さなかったので、テメレアは寛容の精神で、自分の竜ハーネスにそのロープを縛りつけさせた。

この展開をおもしろく思わない者がもうひとりいた。ディメーンの弟のサイフォだった。しかし、サイフォが心の慰めに勉学の世界に引きこもってしまっても、テメレアは利己的な理由で気にしなかった。つまり、『論語』を精確に読み聞かせてくれる者がようやく確保できそうなことにわくわくしていたのだ。サイフォは未知の漢字を見つけると、それを砂盆に大きく書き出して、テメレアに尋ねた。この勉強法はとても能率的で、大いに成果をあげ、テメレアはもうこれ以上、申し訳ない気持ちでエミリーやローレンスに『論語』の文章を自分に見えるように大きく書き出してもらう必要がなくなった。

「猫背になりかけてるぞ」と言って、ディメーンが咎《とが》めるように、サイフォの背中を突いた。サイフォがかっとなり、兄に向かって片腕を振り立て、唾を吐いた。「ぼくは少なくとも、でぶドラゴンを腹いっぱいにさせるためだけに時間を使っちゃいないぞ。飛ぶようになっても、あのドラゴン、自分で狩りもできないんだな」

クルンギルのいまの状態を〝飛ぶ〟と呼ぶのは、かなり無理があった。ドーセットによれば、地面を這いまわるのに慣れて、本能を適正に開花させられないままここまで成長してしまった。だから、すべてを一から学ばなければならないということだった。ふつうならこれで飛べると考えるところだが、浮き袋がふくらんで身が軽くなって宙に浮いても、飛行できるとはかぎらないらしい。

クルンギルは、いともたやすく地面から浮きあがったが、意思とは反対方向に漂ったり、羽ばたきが強すぎて周囲のものにぶつかって跳ね返されたりした。それによって、すでに何本かの木がなぎ倒された。これでは狩りもままならないだろう。クルンギルは〝はじめての狩り〟に並々ならぬ意欲を燃やしているが、うまく急降下できなくて、どうして獲物が狩れるだろう？

ディメーンが弟の耳にげんこをくらわせ、「こんなとこで目を痛めつけてないで、ぼくを手伝ったらどうだ」と叱りつけた。「おまえ、間抜けにもほどがある。ドラゴンが一頭、ぼくらのものになった。わからないのか？　あの子がもうちょっと大きくなれば狩りができる。戦うこともできる。そうしたら、やつらもぼくらに、いやなことなんかできなくなる」

「やつらって？」と、サイフォが言った。それを聞いていたテメレアは、バニャップのことを言っているのかな、と思った。

「誰でもだ！」ディメーンがもどかしげに言った。

「戦争に行って戦わないかぎり、いやなことされるわけないじゃないか」サイフォが言った。「戦争に行くっていう意味なら、でっかいドラゴンに乗ることは、それだけいっぱい戦わなくちゃならないってことだよ。敵はどのみち、ぼくらを痛めつけようとするだろうね。だから、ぼくにはとても安心できる話とは思えない」

ディメーンが言った。「敵の話じゃない。裁判のせいで、キャプテンは囚人にされて、財産も全部取りあげられた。ぼくたちもそういう目に遭《あ》ったらどうする？　そういう話をしてる」

「だったら逃げればいいさ」サイフォが言った。「でもいまは、あのドラゴンがつきまとってくるから、ぼくらはすぐに見つかっちゃうだろうね。それにさ」意地の悪い、反抗的な口調で付け足した。「あいつがこのまま生きて、それもでっかいドラゴンになるんだったら、いつまでも兄さんのものとはかぎらないんじゃないかな？　誰かに取られちゃうかもしれないよ。それでも、ぼくはかまわないけどね」

ディメーンは弟をもう一発殴って、大またで立ち去った。しかし、あとになってエミリーに小声で話しかけた。「きみ、そうは思わないだろ。みんながぼくからクルンギルを取りあげるなんて」

「そんなの、あっという間よ」エミリーが分解掃除中のピストルから顔もあげずに、たんたんと言った。「チャンスさえあればね。その手の計画を、へっぽこウィドローがフラワーズにしゃべりまくってるのを聞いたような気がする」ディメーンが黙りこんだので、エミリーが顔をあげた。「しっかりしてよ。そんなのが、うまくいくわけないじゃない。なんならテメレアに、ローレンスから誰かに乗りかえる気があるかどうか、訊《き》いてみなさいよ」

「ありえない、ぜったいに」と、テメレアはディメーンに答えた。「ただし……」どうしても言いたかったので、ドーセットに聞こえないように声を落とした。「クルンギルは、ぼくより飽《あ》きっぽいところがあるみたいだね。でも、もしそんなことになったら、きみは、ぼくのクルーに戻ればいいよ。もちろん、ぼくはきみを大歓迎する」

「ここそこ話もいい加減にするように。そのうえ、不適切な発言だ」竜医のドーセットが顔をあげずに言った。もっともテメレアの喉はずいぶんよくなって、空気が乾いているときや、まる一日充分な水を確保できなかったとき以外は痛むこともなくなった。「年長のドラゴンなら、そんなふうに幼竜を妬《ねた》まず、もう少し自制心を持ってもらいたいものだ。これも付け加えておこう。きわめて恥ずかしいふるまいと見なさざるをえない」

「ぼくのキャプテンと、なんの話をしてたの?」昼寝から覚めたクルンギルが怪訝《けげん》そうに尋ね、頭をもたげた。そのちょっとした勢いでまたもや地面から浮いてしまい、空気を掻いてディメーンのほうに浮遊していこうとした。だがうまくいかずに、結局、ディメーンとエミリーを砂地に突き倒してしまった。

「べつになにも」とだけ、テメレアは答えた。もう口をきいてはいけないのだから。そう、ドーセットが話をするなと言ったのだから。それに、自分はクルンギルが道を誤ることもあろうかと、ディメーンに慰めを与えたにすぎない。クルンギルがディメーンに一途《いちず》なままなら、誰もディメーンとのあいだに割って入ろうとはしないだろう。テメレアは、ドーセットが言うほど、悪いことをしたとは思っていなかった。だって、なんといっても、ディメーンはそもそもぼくのクルーだったのだから。

もとから顕著だった飛行士たちのディメーンへの敵意が、ここへきて嫉妬《しっと》へとかたちを変えた。そのことにローレンスは気づいていた。飛行士たちは、ディメーンが無謀にも役立たずのドラゴンの担い手になったこと、そのせいで三つ目の卵の奪回が遅れてしまったことを厳しく非難していた。だがいまや、彼らは厚かましくも、一度は役立たずだと見なしたドラゴンに関して、ディメーンには所有する資格がないだの担い手として適任ではないだのと不服を唱えはじめている。

飛行士たちのあいだには、キャプテンとドラゴンの関係に介入するのは恥ずべき行為であるという認識があった。しかし、ローレンスがかつて身をもって知ったように、その認識は、キャプテン自身が飛行士と認められない場合は、たやすくくつがえされる。

テメレアと〝契《ちぎ》り〟を結んで間もないころ、自分をテメレアから引き離して、実績ある空尉を後釜に据えるための卑劣な工作がなされたことを、ローレンスは嫌悪の念とともに思い出した。テメレアがそれをどう感じるかは飛行士なら熟知しているにもかかわらず、その常識を完全に無視して、真っ赤な嘘《うそ》さえ用いられた。

当時のローレンスが異議を唱えられなかったのは、こういう件に関してあまりに情報不足であったからだ。だがいまは、そうではない。しかし都合の悪いことに、飛行士たちが妬ましげにひそひそと会話し、介入しても許されると自分たちに言い聞かせ、つぎは介入するのは任務だと言いきるところまで突き進むのを耳にしていても、ローレンス自身が口を出せるような立場にはないのだった。

ディメーンも、そういう侮辱を軽く受け流す気質ではなかったし、憤《いきどお》りをあらわすための手段も持っていた。まだ十五歳に満たず、おそらく幼少期の栄養不足が原因で小柄なのだとローレンスは思っていたが、近頃のディメーンは急速に体が大きくなり、さらには血に飢えているかのように剣やピストルやライフルを好むようになった。

「侮辱に甘んじろとは言わない」ローレンスはディメーンに言った。「しかし、自制のきかない性格であるとか、航空隊の規律を疎《うと》んじているとか、相手にそう思わせてしまうようなそぶりや行為は、きみに対するさらなる悪意と偏見を生み、公式の承認を遠ざけるだけだと忠告しておこう。言っておくが、承認はそう簡単には得られないだろう」

「前は誰ひとり、あの子を欲しがらなかった」ディメーンが怒りで目をぎらぎらさせて言った。「あの子の頭を大槌《おおづち》でかち割って、そのまま腐らせるとこだった。食べ物も与えずに——」

「それぐらいにしておけ、ディメーン。彼らは彼らの立場から任務を果たそうとしたんだ」ローレンスは言った。ディメーンの憤りは一点の曇りもなく正しいが、承認することで増長させたくなかった。「彼らは判断を誤り、きみは誤らなかった。その誇りを胸に、きみは彼らの口を突いて出る繰り言《ごと》を聞き流すべきだ。年齢に見合わない高い地位を手に入れた少年を見れば、そして自分がキャプテンになれるチャンスがほとんど残されていないとなれば、誰しもそういう負の感情をいだいてしまうものだ」

「これがワイドナーだったら、みんな、そんなふうには思わない……」ディメーンが低い声になり、ランキンの部下の士官見習いで、運に恵まれない信号担当の少年を引き合いに出した。が、ローレンスに険《けわ》しい目でにらまれて口をつぐんだ。

ディメーンが日陰にいたエミリーの隣にどさっと腰をおろすと、エミリーが小馬鹿にしたように言った。「のろまのワイドナーが相手だったら、みんな文句を言うわよ。決まってるじゃない。なんでもかんでも、かりかりするのはやめなさい。いまはみんなやっかんでるけど、あんたがちゃんとした行動をとっていれば、あきらめる」

「きみがそう言うのは簡単だ」ディメーンがむっとして返した。「誰も、きみが飛行士じゃないとは言わない。アフリカに送り返してやりたいとも言わない」

「じゃ、訊くけど、あんた、胸もとに手を突っこんできた空尉を張り倒さなきゃいけない経験したことある？」

ふたりの話し声はローレンスの耳にも届き、思わずぎょっとして顔をあげた。「言わない、それが誰かなんて」と、エミリーが言った。ローレンスがそいつは誰かと尋ねるまでもなく、ディメーンが即座に問いただしていた。

エミリーが言い足した。「相手は酔っぱらってたし、あとで謝ったわ。ずるがしこく謝るふりをするんじゃなく、心から謝った。ずるがしこいやつなら、航空隊大将の娘に手を出す度胸なんてないでしょうよ。それにまあ」と、率直すぎる口調でつづけた。「あんなに酔っぱらってなきゃ、いやだと思わなかったかも」

ローレンスはひどくうろたえた。クルンギルの件と同じくらい、ディメーンがこの一件に怒りをあらわにし、すごんでみせたからだった。つまり、それも含めて、この件全体が新たな不安の種を心に植えつけた。これまで自分はエミリーに対して果たすべき責任を怠《おこた》ってきたのではないか……。

エミリーは正式にはもはや自分の指揮下にないかもしれないが、責任を負う対象であることは間違いない。にもかかわらず、充分な保護策を講じないまま、彼女を放置してきた。ほかの士官見習いや見習い生の少年たちといっしょに、野放しにしてきた。

しかし明らかに、エミリーはそうさせるのが賢明ではない年頃になりつつあるのだ。そういう問題に関する配慮の欠如は、不道徳な関係に進むのを助長することになりかねない……。

とはいえ、この遠征隊に女性はエミリーひとりきりなので、いますぐお目付役《シャペロン》の婦人をつけるのは無理だ。それに、エミリーも監視されるのを快く思わないだろう。そう考えると、ローレンスは暗い気持ちになった。

「なんでまた監視を?」世間体《せけんてい》など完璧に頭から抜け落ちているグランビーが言った。いつものことなので、ローレンスは驚かなかったが、思わずため息が洩れた。「エミリーがディメーンを、いやほかの誰かでもいいが、ともかく誰かを気に入って、継承問題を早いうちに片づけてくれるなら、ありがたい話じゃないですか。エクシディウムには、あと二代は担い手を絶やさずに軍務に就いてほしいもんです。いまじゃ、エクシディウムは航空隊士官が十人寄ってもかなわないほど編隊飛行に通じてますからね。それにキャサリン・ハーコートの例もあるように、相手がいたって、どうなるかわからない。六人目にしてやっと女の子が、なんてこともある」

グランビーがつづけて言った。「それより、ちょっとお話が――。実は、ディメーンのことが少々心配です。イングランドに戻ったら、ぼくも可能なら口をはさみますし、ローランド空将だって、ディメーンが航空隊所属じゃないなんて言い出す連中に取り合うはずがありません。でも、公式の承認がおりるまで、たっぷり一年半ぐらいは、この問題であなたを煩《わずら》わせることになるでしょう。ランキンが煽《あお》ろうとしてるんじゃないですかね、あの屑《くず》野郎が」

「その問題に関しては、そうだな、こじれるようなら、わたしたちはあの緑の谷間に移り住むよ。あるいは、ほかの土地をさがしてもいい」ローレンスは言った。「それでおしまいだ」

はたしてランキンが煽ったのかどうか、クルンギルの最初の担い手候補で、それゆえ自分には再度試みる権利があると思いこんでいるにちがいない空尉のブリンカンが、あるくわだてを実行した。元射撃手のブリンカンは、ピストルを持ってこそこそと出かけていき、一羽のヒクイドリを仕留めて戻ってきた。そして、野営のほぼ全員が寝入っているあいだに、クルンギルにその鳥を差し出した。

ローレンスが目覚めたのは、ちょうどクルンギルが大喜びでその鳥に跳びつこうとしているときだった。ディメーンがさっと寝返りを打って起きあがり、両のこぶしを握りしめ、怒りに身を硬くした。

ブリンカン空尉はあたりを確かめもせず、片手を伸ばしてクルンギルの脇腹を撫《な》でながら、低い声で話しかけた。航空隊のなかで、高い階級と評価を得ているキャプテンのほうがいいんじゃないのかい？　生肉をうんともらえるし、本物の戦闘に参加できるチャンスもめぐってくるよ。

「やだ」クルンギルが食べながら、こともなげに言った。「ディメーンがいるもん」

ややあって、ブリンカンが言った。「このヒクイドリは、すごく旨いにちがいないな。おいしそうに食べてくれてうれしいよ」と、ふたたび誘惑のささやきがはじまったところで、クルンギルが言った。「うん、テメレアがきのうくれたやつは、もうちょっと大きかったけどね。味はおとといドルーモア空尉が獲《と》ってきたやつのほうがよかったな」

狩りができないために、食べ物をもらうことに慣れているクルンギルが、ブリンカン空尉の貢《みつ》ぎ物にさほど感銘を受けないのも無理からぬことだった。

最初の誘惑が不首尾に終わったブリンカンが引き下がろうとしたとき、ディメーンがその前に立ちはだかった。ブリンカンより頭ひとつ分低く、少なくとも五十ポンドは軽い。黒い細身の体を激しい怒りで震わせながら、ディメーンが言った。「あなたは卑怯者だ。今度またクルンギルをぼくから奪おうとしたら――」そこで口ごもったのは、脅《おど》すのをためらったのではなく、報復を具体的にどうするか迷ったからなのだろう。

ブリンカンが先に口を開いた。「きみに期待するのは――」実に鼻持ちならない態度でつづけた。「ミスタ・ディメーン、もっと分別を持ちたまえ。身のほど知らずな夢を見るのをやめることだ。重量級ドラゴンは、子どもには操れない。もっとも、きみの熱意もわからないわけではない。もしきみが、もっと分別を身に付けて――協調することを学び、それを行動で示せるようになれば、そこではじめて将来に夢を持てる。つまり、航空隊における堅実で分相応な昇進への足がかりを得ることに――」

ディメーンが、もうたくさんだというように、唾を吐いた。「なにが堅実な昇進だ。そんなぺてんを信じると思ってるのか？　あなたがぼくからクルンギルを奪う手助けを、ぼくがすると思うのか？　そう考えてるなら、あなたは大ばか野郎だ。クルンギルが、あなたみたいな嘘つきのこそ泥を受け入れるわけがない。クルンギルの頭を、大槌《おおづち》でつぶそうとしたくせに。ぼくが子どもだったとしても、役立たずで前の持ち場から追い払われた情けないおとなよりましだと――」

ブリンカンが、ディメーンを平手打ちにした。まさにローレンスが割って入ろうとした瞬間だった。この場におけるブリンカンの発言に、責められるべき点は多かった。だが、ディメーンの反抗に対して平手打ちを返すのがまったく不当だとも言えない。ディメーンの頬が打たれる音は、乾いた空気のなかで高く鋭く響いた。ヒクイドリを夢中で食べていたクルンギルがはっと顔をあげ、ディメーンが後ろによろめく姿を見た。

クルンギルが〝跳びかかった〟、とは言えない。もっと独特の動きを見せた。まず体を宙に浮かせると、浮いたままブリンカンの頭の上に乗り、そこでシューッと威嚇の息を吐いた。すると、ふくらんでいた浮き袋から空気が抜け、クルンギル本来の体重がものを言いはじめた。ブリンカンがよろめいて倒れ、下敷きになった。

「怪我《けが》をさせたな!」クルンギルが金切り声をあげた。「怪我をさせたな、ディメーンに!」今度は口を大きくあけ、さらに息を吐き出した。ブリンカンは咳きこんで体の下から必死に這い出そうとするが、それもできずにさらに押しつぶされた。

「ディメーン!」ローレンスが警告の声を放ち、テメレアを起こそうと振り返った。

まどろんでいたテメレアがぱちりと目をあけた。すでにディメーンがクルンギルの頭のそばにいて、つないでいたロープをつかんで、ぐいぐいと引いていた。「殺したら、だめだ。どけ。殺しちゃだめだ！」ディメーンは切羽詰《せっぱつ》まっていた。「殺したらたいへんなことになる。ほら、見てくれ。ぼくはなんともない。痣《あざ》だってできていない！」

「それは、あなたの肌が黒いからだよ」と、クルンギル。「こいつみたいにぶよぶよの赤ら顔じゃないからだ」それでも、しぶしぶと浮き袋をふたたびふくらませて、ブリンカンの上から離れた。ブリンカンは地面に横たわり、息も絶えだえのみじめな姿をさらしていた。体を丸めているのは肋骨《ろっこつ》が数本折れていたからだと、あとの診察でわかった。

竜医のドーセットが、あまりやさしいとは言えない手つきで繃帯《ほうたい》を巻いた。この事件以降、少なくともディメーンが目撃して抗議できるような場で、クルンギルを誘惑しようとする者はいなくなった。そして、ディメーンが決然と見張りをつづけたために、ブリンカンのように忍んでいくこともほぼ不可能になった。

果てしない旅路《たびじ》の終わりが、突然、思いもよらないかたちで訪れた。

ローレンスは毎日の進捗《しんちょく》と、飛行距離および推定の現在位置を日誌に書きとめており、しばらくは、この日誌だけが遠征隊にとって唯一の記録になっていた。グランビーもランキンもほかの飛行士たちも、ローレンスの日誌を補うような記録をつけるという考えはまるでないらしく、ドーセットに至っては、植物の葉やベリー類や珍しい動物の脚などについて、遠征の目的にはまったく無益な情報を大量に書きつけながら、日が沈むころでさえ西がどちらか特定できない始末だった。

ローレンスは試しに、記録の仕事をオディーにまかせてみた。ラム酒が汗で体から抜けたときなら、まともな文章が書ける男だったからだ。そのおかげで記録は前よりいくらか内容が濃くなった。ただし、ローレンスとしては、〝枯れゆく紅《くれない》の大地は、異教徒と迂闊《うかつ》なる旅人の血を啜《すす》ったにちがいなく、さらなる血の味を欲して――〟というような過剰な描写や、以下のような不必要な脚色がないほうがありがたかった。

……おぞましき怪物の、もの思うがごとく我らを見つめる眼、正しき生《い》け贄《にえ》としていずれかを選ばんと熟慮するかのごとし。捧げられし骸《むくろ》、屠《ほふ》られて血に染まり、力なく横たわる。怪物は易《やす》き道を選び、砂のなかへと退き、カンガルーの鮮肉を貪《むさぼ》り喰らうも、さらなる痛々しき人身御供《ひとみごくう》の哀れなる叫びを伴う晩餐《ばんさん》をただ夢見るのみ。

奇妙な巨大岩を離れてから、乾燥の度合いが増すことくらいしか変化のない無限の荒野を、すでに五百マイルは飛んでいた。赤道が近くなり、その暑さたるや信じられないほどだった。不思議なかたちの雲が頭上をぐんぐんと流れ、果てしない夕映えの空に目を瞠《みは》った。彼方に一度、ふたつの巨大な火柱が出現した。雷雨には六、七回見舞われ、太陽が焼き固めた大地に雨水が滝となって降り注ぎ、ドラゴンたちは地表の奔流《ほんりゅう》を避けて空に逃れなければならなかった。

自分たちがいまどこにいるのか、確信が持てなかった。一度きりの探検調査の結果を信頼するわけにはいかなかった。地表の目印として知られたものはなく、目的地への接近を確かめるすべもなかった。それでも、地図上の前進を信じるならば、一行は着実に海岸に近づいており、ある朝ついに、青々とした緑の太い帯が眼前に横たわっていた。帯の中央には川が滔々《とうとう》と流れ、川の両岸に緑の野が広がっていた。

二日後にふたたび同じ川の流れを越えると、それ以降は日ごとに乾燥がやわらいでいった。赤い大地が視界から少しずつ消えて、樹木が密生するようになり、水不足が解消された。そしてある夜半の飛行中、ローレンスが半ば眠りに落ちながら、涼しい風が頬を打つ懐かしい心地よい感触に浸っているとき、突然テメレアが急降下をはじめ、小高い丘のてっぺんに着地した。

ローレンスは目を覚ました。大気に潮の香が混じり、月光が降り注ぎ、眼下の川の水面《みなも》が銀色に照り映えている。そのきらめく一本の光の道が遠くまで延びて、彼方の暗い水平線に消えていた。外洋の波音が、はっきりと丘の上まで届いていた。丘を下った先には明かりがいくつか灯《とも》っていたが、野営のものにしては数が多いので、その小刻みに上下に揺れる動きから、ローレンスは漁師が一、二艘《そう》の小舟を出して夜釣りをしているのではないかと想像した。

「下にはおりずに、ここで野営を張るほうがよさそうですね。偵察は朝になってからでないと、うっかりと変なところに足を踏み入れかねません」グランビーが声を落として言った。

ローレンスはうなずいた。テメレアやイスキエルカを隠せるような場所はほとんどなかったが、小さな岩山があり、そのまわりでドラゴンたちが体を丸めれば、闇にまぎれて岩と見せかけることはできそうだ。人間たちはドラゴンを囲むように小さなテントを張った。

「大陸を縦断したかと思うと感慨深いなあ」グランビーがお茶を飲みながらしみじみと言った。「ああ、だけど！　卵がすでに孵っていたら、とんだ時間の無駄遣いだったことになる」

ランキンが言った。「たとえ卵が孵っていなかったとしても、きみは卵の発見と回収の手段をどう提案するつもりなのかな。先住民の村を発見しただけで、捜索の終わりが見えたと思いこんでいるようだが」それだけ言うと、あとは悠然とした足取りで、カエサルのそばに向かった。

「卵が見つかるかどうかはともかく」と、ローレンスはグランビーに言った。「旅路の終着点は見つかった。そして、卵はもう孵っているか、孵化が間近だろう。ここが目指していた場所だとはっきりしたとき、テメレアたちが深追いしなければいいがと思う……無駄になるかもしれないから」ローレンスは、テメレアが眠っているあたりに目を凝《こ》らした。静寂のなかから、かすれた寝息だけが聞こえてくる。

ローレンスはテメレアに近づき、脇腹に寄り添って眠りについた。そして朝になり、目をあけたとたん、「なにか?」と疲れた声で言った。

先住民の男に見おろされていた。長身で、縮《ちぢ》れた顎ひげがあり、ひげには白いものが交じっている。しかし体つきは、その顔から想像するよりずっと若々しく、がっしりとした筋肉質で、一本の槍《やり》を手にしていた。腰にはなにかで編まれた帯を巻き、そこから腰布が垂れている。それ以外にはなにも身に付けていない。さらに若い男がふたり、最初の男のやや後方に、彼よりも警戒心をにじませて立っていた。

「ローレンス、この人、ひょっとして、卵とかドラゴンとか見てないかな?」テメレアが興味しんしんのようすで男を見おろしながら言った。テメレアの恐ろしげな歯が近いところにあるのに、この訪問者には動じるところがない。

テメレアが「ドラゴンを見なかった?」と英語で尋ね、同じ質問をフランス語と中国語で繰り返した。

「身ぶり手ぶりでもいいから、なんとか情報を引き出さなくては。オディーとシプリーを呼んで、彼らの言葉でなんでもいいから聞き出させよう」ローレンスはそう言うと、テメレアの背によじのぼり、オディーたちの居場所を探した。「ミスタ・オディー!」と呼びかけると、本人が振り返って、丘のてっぺんからおりてこようとした。オディーはそこから数人の仲間とともに海を見おろしていたのだ。

「お尋ねしますが」急いでおりてきたオディーが言った。「わたしらはとうとう、中国まで来てしまったんでしょうかね」

「まさか。海岸にたどり着いただけだ」ローレンスは言った。「よりにもよって、きみがそんなたやすくだまされるとは思わなかったぞ、オディー。きみは地図が読めるはずだが」

「いかにも、キャプテン」オディーが言った。「読めますが、中国人を見かけたのです。丘のふもとに四人」

「なんだって?」ローレンスがそう言うかたわらで、先住民の男がテメレアに、片言ながら中国語とわかる言葉で答えていた。

「あそこにはドラゴンが二頭いるって。こちらのガランドゥが言ってる」テメレアがローレンスを振り返って言った。

ローレンスは竜ハーネスをつたってテメレアの背から慌てておりると、丘の頂上にのぼった。眼下の港に、船体の細い小型ジャンク船が錨をおろしていた。早朝の薄明のなかで、艫《とも》と舳先《へさき》のランタンが灯されたままになっている。海岸を少しあがったところに、木と石で建てられた小さな開放型の亭舎《ていしゃ》があった。亭舎の屋根の四隅は天に向かってそり返り、その角ごとにうずくまるドラゴンの小さな彫像が飾られていた。

14 海辺の交易地《こうえきち》の秘密

これほど決まりが悪くて身の置きどころのない旅路の終わりになろうとは、ローレンスも想像していなかった。旅の汚れの染みついた平服のまま、身なりのよい十数人の男に囲まれ、突然、湿った砂浜にひざまずかれて、〃叩頭《こうとう》の礼〃を受けることになったのだ。それというのも、余計な自己紹介をしないようにと釘《くぎ》を刺すより早く、テメレアが中国語で「ぼくはロン・ティエン・シェン。こちらは皇帝陛下の養子、ウィリアム・ローレンス」と名のってしまったからだった。

中国皇帝との養子縁組は、英国と中国双方の面目を保つための便宜《べんぎ》的な措置《そち》であり、話がまとまった当初は外交上の建て前として役立ってくれた。だがいまこの状況で、それを私益のために利用するのは公正ではないし、きわめて不調法《ぶちょうほう》であるように思われた。事実を知った以上、相手は、この宮廷の礼儀作法にのっとった正式のお辞儀《じぎ》を避けて通れなくなった。ローレンスが見るからにこの儀礼にふさわしくない人物であろうが、彼らとっては皇帝に礼を失するという死にも値する罪を犯すわけにはいかなかったのだ。

ガランドゥほか数人の先住民は興味深そうに儀式を観察していた。海岸沿いに並ぶ建物はどれも中国様式に見えるが、そのあいだをのんびりと行き来するのは、ほとんどが土地の人間だった。数人の若い狩人が地面に掘った調理穴に獲物を運びこんでおり、亭舎の広い中庭で働く女たちは、砂浜で行われている仰々《ぎょうぎょう》しい儀式にやはり興味しんしんで見入っている。

中国人の紳士たちは、内心では叩頭の礼に反発を覚えていたかもしれないが、そんなことはおくびにも出さず、砂浜から立ちあがると、一行を亭舎に案内した。その入口で、ローレンスは落胆のあまり立ち止まってしまった。想像したとおり、そこは中国式のドラゴン舎で、生後一週間とおぼしきイエロー・リーパー種の幼竜が、中庭の小さな池のそばの石の床で心地よさそうに眠っていた。かたわらに数人の土地の女がすわり、石のようなものに触れている。

「まあ、ようこそ」幼竜が頭をもたげながら言い、土地の言葉らしき言語で女のひとりになにかを告げた。「わたしはサランカ」と名のってから、少し咎《とが》めるような口調で言った。「追いかけてくるのに、ずいぶん時間がかかったのね」

「きみが勝手に孵化しちゃったんだから、文句は言えないと思うよ」ドラゴン舎に頭を突っこんでいたテメレアが言った。「で、この人たちは何者なの？　どうして、きみを連れ去ったの？」

「こちらは、ララキア族の人たちよ」と、サランカが言った。「――卵のわたしをピチャンチャチャラ族から奪った人たち。そのピチャンチャチャラ族は、ウィラジュリ族から卵を奪ったの。でもどうかお願い、怒らないで。みんな、ものすごくわたしを必要としていたの。ここにある品物は、いろんな遠い土地に運ばれる。行く先々で、それぞれの部族の異なる言語が使われている。もちろん、シドニーのあなたがたもそうよ。誰とでも言葉が通じる人間はいないけど、わたしにはそれができるの。卵の殻のなかで、みんなの言葉を聞きながら覚えたから」そして、満足げに話を締めくくった。「中国語もできるだけ覚えようと思ってる。宝石をたくさんもらったから」

「どこ？」間髪容《かんぱつい》れず、イスキエルカが尋ねた。サランカが鼻先を大きなかごに近づけた。かごには磨きあげられたオパールがぎっしりと入っており、サランカのまわりにいる女たちが研磨する作業をつづけていた。

「宝石も、かごに入ったままじゃあ、大して役に立つとは思えないね」あとになってテメレアが、体を冷やす効用があるという、ほのかによい香りのするお茶を飲みながら、こっそりと言った。「金の針金に通したら、なかなかいい感じかもしれないけど、かごは身に付けられない。少なくとも、間抜けな感じになるのは確かだ」

「あら、あたしは欲しい」イスキエルカが言った。「きらきらする感じが好き――あの色の濃いやつがとくに。ああ、グランビーがもっと金貨を持ってくればよかったのに。ねえ、このあたりに、拿捕《だほ》できそうな船はないの？」

グランビーが、きっぱりとした態度で、ない、と答えた。

この交易地の長官は、ジア・ジェンという中国人紳士で、その責任ある地位に比べて年齢は三十歳くらいとまだ若く、活力にあふれていた。ジア・ジェンは、ここを訪れるドラゴンの憩《いこ》いの場として建てられたというドラゴン舎のなかを、うれしそうに隅々まで案内してまわった。また、このドラゴン舎のそばには、中国様式の瀟洒《しょうしゃ》な屋敷が建っており、そこからは港湾のすばらしい眺めを一望できた。

ローレンスは自分の社交べたを恨めしく思った。高貴な肩書きのせいで過剰な期待をかけられているのではないかと考えると、なおさら気が滅入った。中国の宮廷にしばらく滞在したときには、大仰《おおぎょう》な儀礼の数々にうろたえたものだが、あれから現在に至るまで社交術にはなんの進歩もない。

いったいどうやったら如才《じょさい》なく、中国人がこの地にいる目的や、その目的がどこまで達成されているかを聞き出せるのだろう？　彼らはこの土地に中国の植民地を築くつもりなのか？　その可能性が高いとは思えなかった。中国という国は、世界の海に乗り出せるような商船団は所有していないはずだ。ここの港に停泊するちっぽけなジャンク船は、ローレンスには、あの世への渡し舟としか見えなかった。あんなもので外洋を渡ってきたとはただ驚くばかりで、たんに運に恵まれたとしか言いようがない。

「快適とは言いがたい旅だったことでしょう。二千マイル以上も海を渡るわけですから」ローレンスは、ジア・ジェンにさぐりを入れた。

「もちろん、退屈な長旅でした」ジア・ジェンがうなずいた。「二週間もほとんど陸地が見えないんですからね！　ですが、我慢するしかありませんでした」ローレンスたちはその日の午後になってようやく、彼の話を理解した。あの巨大な翼のドラゴンがドラゴン舎の前に舞いおり、大きなあくびをしてから、中庭の池に頭を近づけ、水を飲むのを目撃したからだ。

「いくらなんでも、ドラゴンによる輸送だけで植民地をつくるのは無理だろう」ローレンスは、驚きの沈黙から立ち直って言った。中国までわずか二週間！　海路をとると、たとえ季節風が味方になったとしても、二か月以上はかかるだろう。

「無理ですね」グランビーが、ドラゴンを眺めながら真顔で言った。「とてつもない能力を備えたドラゴンですが、近くで見ると、大きいのは翼だけです。一トンを超える荷を積んでどこへでも行けるとは思えません」

「となると、腑《ふ》に落ちないことがあります」サルカイが言った。「一週間に数トンもの密輸品が、どこからシドニーに入ってきているのか。もしかすると、あの種のドラゴンが軍団をつくっているのでしょうか」

しかし、この予測は、テメレアが聞き出してきた情報によって――完全にではないが不安をやわらげる程度に――退けられた。巨大な翼のドラゴンは、ロン・シェン・リーという名の雌ドラゴンで、まったくの新種であり、現存するわずか四頭のうちの一頭だということだった。

「中国の皇太子が交配を命じたらしいよ」と、テメレアが説明した。「長距離を飛べる品種をつくるようにってね。リーの話では、成功するまで三年近くかかって、遠くまで問題なく飛べるのは、まだリーだけらしい。同い歳の仲間は二、三日が限界なんだって」

「たった三年？」グランビーが、羨望《せんぼう》のまなざしをリーに注ぎながら言った。雌ドラゴンは陽光を浴びて長々と体を伸ばしており、その琥珀《こはく》色に輝くたくましい翼には、濃い色の血管や腱《けん》が枝を張るように広がって、精緻《せいち》な模様を描き出している。「ありえないですよ。最低でも、二十年はかかる。それでも、半端《はんぱ》な新種しかできないことのほうが多いんです」

「ふふん、交配の方法をまったく知らなかったわけじゃないらしいんだ」テメレアが言った。「リーによれば、明《みん》の時代に同じ種がつくられて、その記録も残ってるそうだよ」

「なら、いったいどうして、さっさと事を進めなかったんだろう？」グランビーが言った。

「なぜなら」すでにぴんときていたローレンスは、この事実を噛みしめながら言った。

「求められていなかった。もっとはっきり言えば、保守派がそれを許そうとしなかったからだ。ヨンシン皇子が亡くなり、保守派が衰退《すいたい》した結果、交配と繁殖がはじまったのだろう」

それが大英帝国におよぼす影響を考えて、みなが押し黙った。つまり、中国が海外へ乗り出していく準備を着々と整えているということなのだ。「われわれは中国と争うことになるんでしょうか、この土地をめぐって？」グランビーが半信半疑のようすで言った。「わが英国がこの大陸のどれほどの部分に権利を主張してきたのか、ぼくは知りません。まあ、それを言うなら、自分たちがいまどこにいるのかも……」

ローレンスは部屋の床に地図を広げた。しかし確信は持てないので、自分たちの現在位置を割り出すにはかなり苦労した。「東経一三〇度付近のどこかにいると思うのだが」ローレンスはようやく言った。「そうなると、わたしたちは英国領外にいることになる。ジェームズ・クックが領有を宣言したのは東経一三五度から東だ。もちろんオランダもどこかの領有権を主張しているだろうが、詳しくは覚えていない」

「ううむ、政治的な話はぼくにはわかりかねますが」と、グランビーが言った。「英国政府なら、すぐにも知りたがる内容ですね。なのに、この情報が本国に届くまで、十一か月もかかるなんて」

英国政府が知りたがりそうなことが、ほかにもあった。その日の夕方、サルカイが屋敷から抜け出してどこかに向かい、また戻ってくると、この港の埠頭《ふとう》は見た目ほど単純ではないと報告した。突堤には滑車《かっしゃ》が備わり、海岸沿いには整然とした石敷きの一本道がつくられ、しかもそれが中国式の、ドラゴンが通行できるほど幅のある広い道だという。

「その道沿いに二か所、建物の基礎が設けられていました」サルカイは言った。「倉庫になるのではないかと思われます。もっと悲観的な見立てをするなら、兵舎に」

ローレンスには、重大な政治的案件はさておき、ここに中国人が進出していることをありがたく思うしかない恩恵があった。新種のドラゴンであるロン・シェン・リーをあらゆる疾病《しっぺい》から守るために、腕利《き》きの中国人竜医が常駐していたのだ。

その竜医が、丁重な気遣いを見せながらテメレアの症状についてドーセットと話し合い、自国から持ちこんだ品々を使った効果的な治療法を勧めてくれた。加えて、ジア・ジェンが気前よく貯蔵品を放出してくれたので、ゴン・スーが熱心に料理に取り組み、そのおかげでテメレアはここ二か月間で食べた分を上まわる量の食事を一週間で腹におさめ、ローレンスの見るところ、体調が大いに回復した。

ここにはクルンギルの食欲に見合う充分な食糧があり、クルンギルは自分の体の嵩《かさ》と同じぐらいの獲れたての魚をたいらげ、生まれてはじめて食欲をちゃんと満たすことができた。ローレンスにとって、国家という枠から離れて個人の気分だけで言うなら、長く過酷な旅路の果てにたどり着いたここは、まるで楽園のようだった。客人へのもてなしは丁重で洗練されており、異国風だが懐かしさを覚えさせるものだった。

しかし、そんな感謝の念があるからこそ、この交易地が予感させる現実的な紛争の火種を意識せざるをえなかった。それはただ、中国人が進出し、先住民のララキア族と協力関係を結んでいるというだけの話ではなかった。

到着から二日後、インドネシア群島のマカッサルから来た帆かけ漁船が数隻、港湾でナマコ漁をはじめた。船に積まれていたカヌーの一群が、すぐに沿岸を行き来しはじめ、マレー人の潜水夫が何度も海に飛びこみ、夕方になると収獲したナマコを陸に運んで、数をかぞえて加工した。巨大な大鍋の海水を焚き火にかけて、ナマコを茹《ゆ》でた。そのあとは、強烈な日差しで乾かすために、この大量の黒い物体を台にずらりと並べた。

潜水夫たちは、獲れたてのナマコのほかに、ときどき真珠貝《しんじゅ》を持ちこんだ。一方、地元のララキア族の住民たちは、オパールと乾燥させた大量の香辛料を蓄えており、その一部を中国の物品と交換した。その交易が小規模なのは最近はじまったばかりで、港の設備がかぎられているからにすぎない。今後、交易は目に見えるほどの勢いで成長していくことだろう。

ジア・ジェンは屋敷の南側すべてを、ローレンスたちの宿泊と憩いの場として提供した。全員を収容しきれなかったので、下級士官や囚人たちは屋敷の裏手の土地に簡易テントを立てて寝泊まりした。屋敷は、湿度の高い熱帯の気候に適した建材を使い、見慣れない様式で建てられており、薄い壁を通して風が涼《りょう》を運ぶ造りになっていた。

囚人たちのうち四名が病に臥《ふ》しているせいもあり、出発を急いではいなかった。ローレンスは、奇妙な無気力に取り憑《つ》かれていた。最初は途方もない発見に焦《あせ》りを感じたが、それさえ、疲労感と特異な孤立した状況によって鈍磨《どんま》していくようだった。シドニーまでの帰路にもう二か月を費やすことになるのはほぼ確実で、そのあと自分たちのつかんだ情報が本国の決定権を持つ機関に届くまでには、最短でもさらに六か月かかるはずだった。

　それだけ長い空白の時間に比べれば、丸一日を無為《むい》に過ごしたところで、大勢《たいせい》に影響はないように思われた。自力ですべてを乗り切る必要も機会もなくなれば、気がゆるむのはほぼ当然のなりゆきだった。そんな日々がだらだらとつづいて一週間になり、さすがにもう出発しなくてはと気持ちを固めはじめたところへ、ジア・ジェンがやってきて、一週間後の新月の晩に催す晩餐会に、ローレンスたちの一行を正式に招待したいと言い出し、出立《しゅったつ》の予定を狂わせた。

　先方の厚意に甘えきって怠惰《たいだ》な日々を過ごしたあげくに、招待を断ることなどできなかった。招待されるや、すぐにもここを発たなければと告げることは、ローレンスの感覚からすれば、無礼の極みとしか言いようがない。

「よくもまあ、蛮族の宴会などに出る気になれるものだな」と、ランキンが言った。「相手はいずれ英国政府に敵対し、わが英国の貿易産業をおびやかすかもしれない外国勢力の手先だ。しかし、きみたちがあくまでも出席するというのなら、むろん出発を送らせるほかないだろう」ランキンはそう言うと、最後を辛辣な皮肉でしめくくった。「その宴会で、きみたちの盛装は、さぞかし注目を浴びることだろうな」

「どうせ、ぼくたちは小汚い集団ですよ」グランビーが言った。「それでも、無礼千《ぶれいせん》万《ばん》なやつよりましです。ぼくにはなぜ断るのかわかりませんね。向こうが夕食を提供し、ドラゴンにもマグロをくれようって言ってるのに」

「少なくとも」ローレンスは、あとでテメレアにひそかに言った。「打ち解けやすい宴席なら、彼らがここにいる目的をそれとなく聞き出すチャンスがあるかもしれない。いまのままでは、いずれ両国のあいだにわだかまりを生んで――」

「ぼくにはぜんぜんわからないんだけど」と、テメレアが言った。「ぼくらは恐ろしく遠くまでやってきたんだよ、ローレンス。ここに中国人がいることが、いったいなんでシドニーの誰かにとって問題だって言うの？　それに、ぼくらはすごく楽しくやれるにちがいないんだ」

テメレアはさらにつづけて言った。「長旅さえいやじゃなきゃ、訪れるところがでさたわけだし。それに、ミスタ・ジア・ジェンが、とっても親切に言ってくれたんだ――もしぼくが中国に手紙を送りたいなら、速達で運ぶのが自分の務めだって。ぼくらがシドニーにいるなら、ロン・シェン・リーが手紙の配達のためにシドニーを訪ねるのもぜんぜん問題ないそうだよ。だから、リーにあの緑の谷間の場所を地図で教えたんだ。そうしたら、飛行経路のウルルから一週間くらいしかかからないから、あの谷にもときどき寄れるだろうって言ってくれた」

「ウルル？」

「ほら、あのとてつもなくでっかい岩だよ。ぼくらがリーを見かけた場所。あそこにピチャンチャチャラ族への荷物を配達して、ピチャンチャチャラ族がそれをまた別の部族に送ってるんだ。空からなら簡単に配達できるよ。リーは、そうやってシドニーにも荷物を運んでるんじゃないかな」と、もののみごとに英国政府の意に沿わない情報を付け加えた。

それでもローレンスは、なんらかの手を打つことに決めた。この交易地はできたばかりであり、市場《しじょう》もごく小規模で、まだ事業として確立しているわけでもないようだ。中国人の入植の目的がもっと詳しくわかれば、互いに歩み寄って、協定を結ぶことも考えられなくはない。

ローレンスの頭に、ほのかな希望とともに、ある考えが浮かんだ。ジア・ジェンが手紙を発送してくれるというのなら、北京駐在の外交官、アーサー・ハモンドにも手紙を送れるかもしれない。以前、ハモンドの尽力によって、英国と中国のあいだに条約が結ばれた。それによって、テメレアを英国側に残し、なおかつ中国にとって唯一の海外貿易港である広東港《カントン》での優遇措置を得ることができたのだ。

「その手紙が、未開封のまま誰かに読まれずに届くかどうかはあてにできないが」と、ローレンスは言った。「配達に一年近くかかるようなこともないだろう。それに、情勢を見きわめる能力は、ハモンドのほうがわたしたちより勝る」

「ついでに言うなら、英国政府よりも」グランビーがそう付け加えてから、サルカイに視線を向けた。「もっとも、あなたが、ぼくらの知らない情報をなにか持ってるっていうなら話は別ですがね？」

サルカイは曖昧《あいまい》に肩をすくめただけだった。

ローレンスは宴席を積極的に利用するつもりで、ぎくしゃくしない話題の切り出し方を考えた。ただし厄介なのは、いまや片言《かたこと》の中国語すら忘れかけており、テメレアに通訳を頼むほかないという問題だった。そうなると、気詰まりな話し合いになるかもしれず、竜を使った威嚇と見なされる場合もある。そうでなくとも、面倒だと思われてしまうことは間違いないだろう。

相手の心証を害するのはほぼ確実で、憤りを示せない立場にある紳士に対してそのような攻勢に出るのは、ローレンスにとって想像しうる最大級の不作法だった。しかし、ある意味で、自分には英中双方に対する義務があるのだから、調停の努力をするのは当然のことだと考えた。この任にどれほど不適格であろうと、自分とテメレアはともかく現場にいるわけだし、この手の外交的対話に長じる者がここにはいないのだからしかたがない。

植民地と呼べなくもない小さな居留区の存在はともかく、自国の貿易産業に対する侵犯《しんぱん》行為を知ったら、英国政府は容赦しないだろう。もっとも、中国人が関心を寄せているのは、この地域に住みつくことよりも、先住民との関係を築いて交易を発展させて儲《もう》けを得ることのようだ。だが中国側に航空戦力があると言っても、孵化して間もない中量級ドラゴン一頭とロン・シェン・リーのみ。リーと同種のドラゴンが今後すべて投入されたとしても、計五頭のドラゴンだけでは、英国海軍の遠征艦隊とその最新兵器の攻撃にさらされた場合、ひとたまりもないだろう。

だが翌朝、ローレンスの憶測も、温めていた計画も、ことごとく覆《くつがえ》された。満ち潮とともに、小規模な船団が港に入ってきた。

それらは前に見たのと同じマカッサルの帆かけ船とそれを守るカヌーの群れだった

が、今回の船団は大量の熟した南国の果実と木彫りの鉢を積みこんでいた。その荷が慎重に陸揚げされて、さまざまな品々を保管している倉庫に運びこまれた。船長とおぼしき男たちが浜辺で丁重に迎えられ、ローレンスたちの宿舎の別の一角に案内された。

ローレンスが遅まきながら宴会がけっして内輪のものではないと気づいたのは、ゴン・スーがやってきて、晩餐会の支度の作業が増える一方らしいので、手伝ってもよいかと尋ねられたときだった。

ジア・ジェンも増えつづける客への対応に追われており、個人的な用件のために引きとめるのはむずかしかった。そして翌朝、目覚めたローレンスは、アメリカ船籍の、六門の大砲を備えた美しい小型のスループ型商船が港に停泊しており、そこからおろされた一隻の大型ボートが突堤に近づいてくるのを目撃した。さらには、夕刻の満潮とともに、オランダ船がやってきた。

「シドニーへの物資の流れなど、全体からすれば、ちっぽけなものかもしれませんね」港に増えつづける船を眺めながら、サルカイが言った。

ローレンスはスパイなどするつもりはなかったが、ポルトガル船籍のバーク型帆船が入港し、数十個の小ぶりだが重そうな木箱が浜辺まで運ばれ、護衛付きでドラゴン舎に収められるのを目撃した。その中身はまず金貨にちがいなく、箱の数量から考えて船倉何隻分かの絹や茶や磁器を買いとるのに充分な額であろうと思われた。しかし、そのような品々がどこから運ばれてくるのかは、まったくわからなかった。

「わからないなあ、空路を使わない理由かあ」テメレアは、心ここにあらずで答えた。自分だけではなく、晩餐会に向けて、みなが気もそぞろになっているようだ。金貨や銀貨がぎっしり詰まった箱が屋敷の一角に積まれているし、芳《かぐわ》しい香りが浜辺の大鍋から立ちのぼってくる。ふふん、これは煎《い》り胡麻《ごま》の香りだな！　おまけに、ドラゴン舎内のすぐ近くでは、女たちがみごとに熟れた竜眼《ライチ》の皮を剝き、白い実を巨大な鉢に積みあげている。この最大級の自制心を必要とする状況にあって、もしこれらが晩餐会でふるまわれるのでなければ、自分を抑えられるかどうか自信がなかった。

「じゃあ、ロン・シェン・リーに訊いてみるよ」と言い足した。「リーが戻ってきたらね。だけどローレンス、あなたにだけ言うけど、これはほんとうの話だよ。リーにはすごく妙なところがある。たぶん、空にいる時間が長いせいだ。とても感じがよくて、文句のつけようがないんだけど、こっちから話しかけないかぎり、ひと言もしゃべらずに何時間でもじっとしたままなんだ。なにを考えてるのかって尋ねたら、思考を止めようとしているところだなんて言うんだよ」

テメレアは、晩餐会が盛大に行われようとしていることに、少しだけ気後《きおく》れと不安を感じていた。自分の容姿が最高の状態ではないことを心ひそかに意識していたからだ。長旅のあいだに少し痩せてしまったし、いくら海水浴をしても体表から赤い砂塵を落としきれていなかった。うろこにも自分が望むほどのつやがない。翼端がぼろぼろになっているのも憂鬱《ゆううつ》の種だった。胸飾りに引っかき傷やへこみがいくつかできていて、ミスタ・フェローズがどんなに頑張っても、ちゃんと修理できたとは言えず、ほんものの鍛冶《かじ》職人がいないことが悔やまれた。

しかし、少なくともかぎ爪飾りは持っていたし、サランカが暑くて乾燥した気候への対策として体表に塗っているオイルを分けてくれた。テメレアは、自分の漆黒《しっこく》のうろこならオイルの効果がみごとに発揮されるだろうと悦《えつ》に入った。

「喜んでお分けするわ。あなたがこんなに遠くまで来るしかなかったことを、いまは、ほんとうに申し訳なく思っています」サランカは実にきちんとした謝罪の言葉を述べた。「そう、わたしには戻るつもりがないことも申し訳なく思います。航空隊がいやだからじゃないの。だって、あなたのキャプテンはとてもすてきな人よ。でも、いっしょにいる士官たちは好きになれない。みんなひどく厚かましくて、いっしょに行動したいと思えるような人はひとりもいなかった。わたしには、自分ひとりの特別なキャプテンはいなくても、昼も夜も、わたしが望めばそばに寄り添ってくれる良き友がいる。心からそう信じられるの。ここにはララキア族の人たちがいる。ここだけじゃなくて、どこの土地に行っても、わたしには仲間がいる。そして、ドラゴン基地や、甲板の上や、どこかの寂しい谷で眠らなくてすむのよ」

テメレアは、サランカの決断に納得がいった。交友の大きな輪を持ちたがるのは、イエロー・リーパー種の特徴でもある。テメレア自身はローレンスさえいれば、ほかの交友関係を断たれても心から満足できた。ただ、サランカの人物査定は当たっている。つまり、ほかの飛行士のなかにローレンスほどの人物はいなかったということだ。飛行士たちは、人格者を目指さなくてもいいから、せめて無益な不平不満を言ってまわることぐらいやめてもよさそうなものなのに……。

しかしながら、テメレアにはローレンスに関して——いや、引いては自分に関しても――恥ずかしさを感じてしまうことがひとつだけあった。この大陸に来て以来、もっとも特別で重要な場である晩餐会に臨むというのに、ローレンスが披露する装いは目も当てられないほど痛ましいものになりそうだということだ。悶々《もんもん》とした末に、自分の虚栄心に負けた。そして、ドラゴン舎にジア・ジェンが立ち寄った機会を逃さず、頭をぐっと近づけて、気後れしつつも、事情を説明しようとした――ここまでの旅の長さ、ナポレオンの本土侵攻後の英国の不安定な状況、自分とローレンスに課されたささやかな、建て前上の異例の措置などなど。

ところが、テメレアの話がそこまでたどり着かないうちに、ジア・ジェンが押しとどめ、このうえない気配りを見せて言った。「実は、こちらかもお尋ねするつもりでした。こんな小さな価値なき交易地を代表して、中国式長衣の贈り物を申し出るなど、差し出がましいにもほどがあるでしょうか。なにしろ、ここでは職人の技術にも限界があり、ご用意できる生地もお眼鏡《めがね》にかなうものとは申せませんので」

「ふふん、なんという幸甚《こうじん》でしょう！」テメレアは感謝のあまり、声を張りあげた。「ローレンスがそのお心遣いを光栄に思うのは間違いありません」蓋《ふた》をあけてみれば、その心遣いはテメレアの期待をはるかに上まわるものだった。まず、倉庫のなかから藍《あい》色の絹布と、黄金のように輝く黄色や緑色の縫い糸が取り出された。さらにミスタ・シプリーが元は仕立て屋だったことがわかり、ジア・ジェンが自分の礼装用長衣の型紙といくばくかの金貨を渡すと、シプリーは猛然と仕事を進め、テメレアの意向を汲んで、ちょっとした刺繡《ししゅう》までやってのけた。

テメレアは満足し、これ以上ない厚遇《こうぐう》を受けたと感じていたが、まさにその仕上げをするかのように、長衣の完成も間近になって、サランカが言った。「テメレア、ラフキア族の人たちが、これまでの経緯《いきさつ》について考えてくれました。卵だったわたしをウィラジュリ族があなたたちから奪ったことは、はなはだしく掟《おきて》に背《そむ》くことだったと彼らは受けとめています。もちろん、あなたたちはウィラジュリ族の土地に侵入した。だけど、わたしは狩りの対象ではないのだから、奪ってはいけないものだった。でももう、わたしを返すわけにはいかないから、代わりにこのオパールを少し受け取ってもらえないかと申し出ています。ちなみに、オパールになったのは」と、サランカは打ち明けた。「わたしからの提案なの。あの長衣につけたらとてもすてきだと思って。どんなに映えることかしら！」

「まさに！」テメレアは顔が上気するような思いで言った。「これこそが文化的な行いだね。ぼくは心からうれしく思うよ、サランカ。きみがそれほど思慮深い人たちのなかで孵ったことを。部族にはドラゴンがいなかったんだから、しかたない。彼らが悪いわけじゃないよ。誰だって、ドラゴンを仲間にする資格はあるんだ」

こうして長衣の両袖と裾《すそ》や襟《えり》に、オパールが極細の糸で縫い付けられ、サランカの見立てどおり、それらは濃い色の絹地に映えて美しく輝いた。長衣全体を持ちあげて点検しても、誰も文句のつけようのない出来映えだった。「なかなかのもんじゃないか」と、カエサルまで首をめぐらして長衣をあっちからこっちから眺めたあとにしぶしぶ認めた。

一方、イスキエルカは妬ましげに蒸気を噴き出して言った。「グランビーったら、そこらの船の一隻も乗っ取らせてくれないなんて、なに考えてんのかしら。ああ、あたしのお宝をもっと持ってくればよかった!」

ローレンスはジア・ジェンから長衣を贈られると、あまりの豪華さに驚いて黙りこんでしまった——贈呈の場がドラゴン舎になったのは、そのようすをとっくりと眺めたいとテメレアが希望したからだった。「ローレンス、ここで着てみせて」豪奢《ごうしゃ》な長衣の重みを両腕で受けとめて衣をじっと見おろすローレンスに、テメレアは催促せずにいられなかった。「体にぴったりじゃなかったら、今晩までにまだ直す時間はあるよ」

テメレアが案ずる必要はなかった。長衣の寸法はぴったりと合い、どんな直しもいらなかった。ローレンスが言った。「愛しいテメレア、きみの苦労をひしひしと感じる。ここにこもった思いやりが――」そこで、言葉を詰まらせた。

テメレアはうれしくなって言った。「なんてことないよ、ローレンス。こういうのをあなたは持っていて当然だ。ぼくはものすごく幸せだよ！ ずっと心苦しかったんだ、ぼくのせいであなたが財産を失ったと知ってから。でも、銀行に預けた小金よりも、誰だってこっちを選ぶんじゃないかな。こんなに美しいものは、どこに行ったって買えやしないからね」

「それで――」と、ローレンス。「きみは、これが晩餐会にふさわしいと思っているわけだね。その、もしかすると、大げさでは――」

「ううん、そんなことない」テメレアは言った。「だって、ジア・ジェンが言い出したんだもの。なんといっても、あなたは皇帝の息子だからね。あなたがいちばん立派な装いをするのが、その場にふさわしいことなんだ」

「こりゃまいった」と、グランビーが言った。「ええと、ローレンス、あなたに比べれば、ぼくは小者《こもの》ですね。ただ、小物は小物でも、正直な小物でありたいと思うので言いますが、今度ばかりは金ボタンも絹の上着も喜んで受け入れ、わが身の幸運を噛みしめることにしますよ。あ、でも、道化には見えませんからご安心を」おそらくは慰めのつもりで最後に言い添えた。「いまにも『こやつらの首を刎《は》ねよ!』なんて言いそうな雰囲気ですけど、道化には見えません」

「ありがとう」と、ローレンスは苦々しく言った。自分では道化そのものだと感じていた。それも、とんでもない偽物《にせもの》の道化だ。東洋の君主の装いをまねて、自身とは縁もゆかりもない、はるかに格上の地位にあるかのように見せかけている、救いようのない愚か者だと見なされるのは間違いない。

しかし、なにも言えなかった。もしテメレアの手放しの喜びように発言を封じられなかったとしても、中国人たちへの礼節という点から、同じ選択をしたはずだ。この衣裳の制作には多大な労力と費用が注がれていた。それに、あれほど仰々しいかたちで贈呈されながら、断るのは無理というものだ。

しかし、ローレンスには、自分にはこの衣裳を着こなせないという完璧な自信があった。仲間の英国人はおろか、より知識のある主催者側にはよけいに滑稽に見えてしまうことは否定しようがなかった。こうなると、食事中に誰か倒れてくれまいか、というのが唯一の希望になった。そうなれば、満座の注目がそちらに集まるにちがいない。自分がテメレアとともに上座にすわらされるだろうと気づくと、ローレンスは落胆とともに、そんなことまで考えた。

晩餐会のテーブルは屋敷のだだっ広い中庭に設けられていた。宴席には五頭のドラゴンも迎えられており、召使いたちがてきぱきと仕事をこなすには、やや混み合った状態だった。オランダとポルトガルの船員たちが、近くの席の立派な歯を持つ大きな客を不安そうに眺めていたが、公然と抗議する者はいなかった。

ランキンも、カエサルの懸命な説得に最後は折れて、出席することになった——「いろんな国の客がたくさんいるってのに、軍務において先任で、国王陛下の政府のいちばん正式な代表者たる人物が欠席するなんて、とても変に見えるんじゃないですか？　出席する各国代表者たちに、間違った権威の序列を印象づけてしまうかもしれませんよ」と、カエサルが言ったのだ。

ローレンスは自分にあると誤解されている権威など喜んで放棄しただろう。ところが、中国人の感覚からすれば玉座《ぎょくざ》ではないかと思えるような大型の長椅子に案内された。

一方、テーブルの向かい側に着席したテメレアは、塗料で艶出《つや》しをしたかのように全身をてかてかと光らせ、自分の宝石のなかでローレンスに身に付けさせるには不向きと判断したものをひとつ残らず、これ見よがしに付けていた。テメレアの隣には、宴席の最年長者であるララキア族の長《おさ》がすわっており、長は、とびきりの演芸ショーを楽しませてくれる男に出会ったかのように、喜びを隠そうともせずに、ローレンスの盛装を見つめていた。

ほかの飛行士たちは、長旅のあとだけに、みすぼらしい身なりの小汚い一団となっていた。誰もが手持ちのなかから、なんであれ、いちばん恥ずかしくないものを選んで着るしかなかった。ただランキンだけが、どういうわけか夜会用の礼服を無傷のまま、大陸の端から端まで運んできており、小汚い一団のなかでひとりだけ垢抜《あかぬ》けた印象を与えた。染みひとつない長靴下と、ぴかぴかに磨きあげたバックル付きの靴で足もとまで決めて、ボタンホールに武勲《ぶくん》を称える小さな戦功章を通し、クラヴァットに簡素で目立たない金のピンを刺しているほかは、なんの飾りも身に付けていない。

「見てよ、ランキンの装いの地味なことったら」テメレアが満足げにささやき、ローレンスはため息をついた。

ジア・ジェンが開宴に先立ち、中国語で乾杯の辞を述べた。ローレンスの乏しい聞き取り能力でも、自分の厚かましい立場に赤面するくらいには理解することができた。そして、あろうことかテメレアが、その挨拶《あいさつ》について小声で論評しはじめた。テメレアにとっては小声だが、周囲に丸聞こえであることは間違いない。「――『天の雅量《がりょう》により、われわれのささやかなる交易地に、もっとも気高き竜、〝天の使い《セレスチャル》〟のロン・ティエン・シェン様、並びに皇帝陛下ご令息のラオ―レン―ツェ様をお迎えするという栄に浴し』――すごくすてきな言いまわしだね、ローレンス。『天の雅量により……栄に浴し』だって。ねえ、そう思わない?」

ともあれ、これでローレンスにとって、恥辱《ちじょく》の山場は過ぎた。ワインが配られ、料理が運びこまれ、その気前のよいもてなしぶりを前にしては、もっと礼儀作法にうるさい者たちの集まりだったとしても、社交上のしきたりを守りつづけるのはむずかしかったことだろう。もっとも最初は、種々雑多な人々が同席するので、気詰まりな場になるだろうと予測していた。ララキア族の古老、マカッサルの漁師、三か国の商船の船長と一等航海士たちが、それぞれの晴れ着で出席しており、主催者の中国人は礼装用の長衣を着ていた。

しかし、外見や作法が大いにちがったからこそ、かえって面倒な場にならずにすんだ。客の大半が、自分の連れ以外の客と意思を伝え合うには身ぶり手ぶりに頼るしかなかったが、笑顔やうなずきは国を問わず通用し、グラスを掲《かか》げるしぐさにはなんの説明もいらなかった。無礼講《ぶれいこう》となるのは時間の問題で、コースの二皿目が出るころには、笑い声や話し声が大きくなり、堅苦しい礼儀作法は消え去りはじめた。

それとともに、災いの芽も育ちはじめていた。ディメーンの席がまずいことにララキア族の若者の隣で、その若者の向かい側にエミリー・ローランドがすわっていた。若者は、エミリーの礼装用の剣に興味をいだいた。柄《つか》の部分に手の込んだ彫刻がほどこされた美しい剣で、母親から贈られたものだ。若者が中国語の単語を連発し、エミリーも同じように返すうちに、若者がその剣に感嘆していることがどうにか伝わった。エミリーにとって剣はひそかな自慢の品だったので、若者に見せびらかすのもやぶさかではなかったようだ。剣の披露《ひろう》がすむと、胸を軽く叩いて若者に「エミリー」と伝え、若者も「ラムーラル」と返した。そこからふたりの交流は、コース料理とともに首尾よく進み、ついには若者のほうから、身に付けていた組紐《くみひも》のブレスレットを差し出すまでになった。ふたりが親しくなるほどに、はた目にもわかるほど不機嫌になったディメーンが、怒りのこもったささやき声で、下品なふるまいだから断るように、とエミリーに求めた。

「くだらない」と、エミリーが返した。「どうしてわざわざ失礼な態度をとらなきゃいけないの？　この人があたしと仲良くしようとしているからって、あんたがいじける必要なんかない」

そしてディメーンがさらに意見しようとすると、ぷいと背を向けて、ラムーラルに自分の小物を差し出した。それはエミリーがイスタンブールで手に入れたガラス玉を紐に通したもので、受け取るときにラムーラルがディメーンにちらりと向けた視線は、彼の嫉妬心によって、勝利のまなざしと解釈されたかもしれなかった。

ローレンスは、ディメーンの表情が険しくなったのを見てとり、自分を面倒な立場に追いこむことなく、この危険な状況に割って入る方法を考えようとした。が、ここに救い主があらわれた。クルンギルが、魚の骨や頭が残った皿をひっくり返し、三人の頭上にぶちまけてくれたのだ。

エミリーの向かいにいたフォーシング空尉が、汚れが片づけられるあいだに機転を利かせてエミリーと席を替わり、ディメーンをサイフォと入れ替えた。サイフォはいかにもおとなぶった取り澄ました態度で、前もって習得しておいたラキア族の言葉をいくつかラムーラルに試し、一方ディメーンは、クルンギルの向かいの席から懸命に怒りのまなざしを送りつけようとした。

一同の便宜をはかって、イスキエルカにはテーブルのもう一方の端の、二番目の上座で風下にあたる席が用意されていた。その席なら、ときどき噴出する蒸気がほかの客に撒き散らされずにすむからだ。当然、グランビーもイスキエルカのそばに座していた。イスキエルカがヒクイドリと蟹と果物を巧みに重ねた料理に満足のため息を洩らしていると、グランビーからふたりはさんだ席のアメリカ人船長が、身を乗り出して尋ねてきた。「湯沸かしに不自由することはなさそうだ。彼女は間違いなく大型種ですね。竜種はなんでしょう?」

「カジリク種です」と、グランビーは喜色満面で自慢をはじめた。「トルコ産で、もちろん、火噴きです」と、誇らしげに付け加える。

アメリカ人船長は、ニューヨーク州出身のミスタ・ジェーコブ・チュクワだと名乗った。チュクワという風変わりな名前からすると、アメリカ先住民の血筋かもしれない。「弟のところにも一頭います。こちらの系統に近いのですが」と、イスキエルカより小さいクルンギルを親指でさした。当のクルンギルは、目の前に置かれた一尾丸ごとのマグロ料理に嬉々《きき》として首を伸ばすところだ。この土地で採れるなにかの根を焼いたものを、魚の腹にあふれんばかりに詰めこんで揚げた料理だった。

「お国にも空軍があるとは初耳です」グランビーが言った。

「いや、弟は民兵として契約しており、召集されればドラゴンとともに戦いに参加します」チュクワが言った。「ですが、ふだんはニューヨーク州とオジブワ族の村とのあいだを忙しく行き来していますよ。たいがいは織物を持っていき、毛皮と交換してきます」

商船の船乗りたちは、言葉の通じる相手とわかっていたはずだが、チュクワのように席をまたいでまでローレンスに話しかけようとはしなかった。いちばんの上座にいるせいで、座がくだけた雰囲気になりつつあっても、話しかけるほど心やすくはなれないのだろう。

しかしこれ以上ワインがふるまわれると、まともな情報交換はできなくなると判断し、ローレンスは、しばし逡巡《しゅんじゅん》したのち、礼儀作法に関する自分への戒めを捨てて、席から身を乗り出し、数席向こうのポルトガル人船長に問いかけた。「もしかすると、フランス語を話されますか、ムッシュー?」

ちょっとしたやりとりから、そのリスボン生まれのセニョール・ホバウドとは、とある宿屋のなじみ客どうしとわかり、そこから話が弾んで、ローレンスが戦況の話を振ると、すぐに解説がはじまった。ローレンスは、スペインの各都市が攻撃されたことについてもっと知りたくてたまらず、英国軍がその戦いに加わったのかどうか、ホバウドが知っているのではないかと期待した。

「ああ、あの犬め。あの犬ときたら——」ホバウドはナポレオンのことを〝犬〟と呼んだ。「なにをやったと思いますか、ミスタ・ローレンス? やつらと同盟を結んだのですよ。そして、スペインやフランスには一万人の死体がいまも野ざらしのままだ」

「失礼」ローレンスは、ぽかんとして尋ねた。「お話についていけず、とまどっているのですが、ナポレオンが同盟を結んだ相手とは——?」

「アフリカ人ですよ！」ホバウドが怒りをたぎらせているのは、喉を潤すためにがぶ飲みしているワインの影響もないとは言えない。「犬だ、あいつらもみんな犬だ。ナポレオンはやつらを船でブラジルに送りこんでいるのです」

「ブラジルの話をなさってますか？」テーブルの向こうから英語で尋ねてきたアメリカ人の若い船員は、ミスタ・チュクワの船の一等航海士だった。「そいつらは、リオデジャネイロの街を焼き払ったそうですよ。二週間前に話を交わした捕鯨船員が言っていました。チリのサンティアゴで聞いた話だそうです」

ローレンスがこの話を通訳すると、ホバウドがうめきをあげ、両手で顔を覆った。このポルトガル植民地に強い関心があるらしく、激しい怒りには個人的事情が含まれているようにも思われた。「やつには心というものがないのか！　やつはローマ教皇から聖別を受けたにもかかわらず心は異教徒、そう、悪魔、悪魔だ」そのあとは母語になって、さらになにかを言った。

背丈が六フィートを超えるがっしりした体格のアメリカ人船員、ミスタ・デーヴィッド・ライトは、ホバウドのような個人的事情はないらしく、ワインも自制しており、ローレンスにたんたんとさらなる情報を提供してくれた。「残念ながら、英国軍がポルトガルでどう動こうとしているかはわかりません。ですが、聞くところによれば、奴隷《どれい》貿易港を焼き討ちにした軍団がアフリカを出て、地中海の都市をつぎつぎに襲撃しているそうです。英領ジブラルタルも襲撃したが、失敗に終わったと聞いています。お知らせできるのはこれくらいですね」

ローレンスはそれを聞いても、さほど安心できなかった。ツワナ人が、白人にさらわれて奴隷貿易の犠牲者となった民の奪還《だっかん》をさらに推し進めるつもりであることは、アフリカの地で彼らに囚われの身となっているあいだに知った。ヨーロッパの海岸に到達するという目標をこれほど早く達成してみせたのだから、恐れていた以上に事態は深刻かもしれない。「では、地中海の各都市を襲ったのは、フランス軍ではないのですね？」

「そうです」と、ライトが言う。「アフリカ軍団はスペインを荒らしたのちに、トゥーロンに攻め入った。おそらくそこで、自国に攻め入られたナポレオンがどうにか食い止めたものと思われます――そのアフリカの軍団の一部を捕虜にしたか、あるいは買収するかして。いずれにしても、ナポレオンは彼らと取り引きすることに成功したのです。そしていまや、アフリカ軍団をはるか大西洋の向こうへと輸送船で送り出している。それも相当な数であると聞きます。そして、彼らは喜んで行くのだとも」

「わが国の植民地を襲わせる気なのか」ホバウドが苦々しげに言った。「――筆舌《ひつぜつ》に尽くしがたい蛮行だ。文明国ならば見過ごすわけにはいかない」

「なるほど」ホバウドの発言をローレンスがざっと通訳すると、ライトが言った。

「ポルトガル人にはお気の毒ですが、それは、この件についてわたしが仲間から聞いていた話とはちがいますね。アフリカ軍団の黒人たちが新大陸に送りこまれることを嫌がっていないなら、これはうまい取り引きだ、と仲間は言うのです。わたしも黒人たちの気持ちがわからんではないですね。もし誰かが家内のジェニーを海の向こうに連れ去り、そこで競売にかけたなどと知らされたら、わたしだって、ただじゃすましませんからね。彼らが行くのをいやがっていないというのに、そこに文句を言える権利があるのかどうか、わたしにはわかりません」

「ぼくにもわからないよ」テメレアが割りこんだ。「だいたい、ブラジルの人たちは襲撃されたくないなら、奴隷にした黒人を返せばいいんじゃないの？　そうすれば、誰もブラジルにいる人たちを痛めつけようなんて考えないよ」

「残念ながら」ローレンスは険しい口調になった。「黒人奴隷たちの大半は、誰も近づけないようなところに連れていかれて、もう亡くなっているのではないでしょうか。ツワナ人が大西洋を渡ったあげくに、そんな話を聞かされたとしたら、彼らは容赦しないでしょう」

「こちらの紳士は、どうしてこんなに落ちついていられるのでしょうか」ホバウトが言った。当然いだいてしかるべき共感がライトには欠けていると感じたようだ。「そのアフリカの怪物どもが、大西洋を渡り、自国の海岸線まで進撃してきて、自国の街で略奪をはじめる可能性も充分にありうるというのに。お国には、奪われても余りあるほど奴隷がいるからでしょうかね」

「いえいえ、ご心痛を軽視するつもりはありません」ライトがホバウドの発言を理解してから、彼をなだめるように言った。「わたしの故郷の州に奴隷はいません。いなくて困ることもありません。だから、わたしには、奴隷なしではやっていけないという理由がわからないのです。しかし、長年のあいだ奴隷を使うことに慣れきっていて、そこにいきなり強奪者があらわれたとしたら、たいへんでしょうね」

チュクワがテーブルに身を乗り出して、ライトに話しかけた。「デーヴィー、なんならそちらの方々に、イロコイ族が去年だけでも、ニューヨーク州で三十二個の竜の卵を孵らせたことを話してさしあげてはどうだ？　もしそのアフリカの軍団とやらが売られたけんかは買ってやる、なんだろうが相手になってやる、とね」

チュクワはそのあとグランビーのほうを見て言った。「申し訳ない、驚かせてしまったようだ」謝罪しながらも自慢がちらついた。グランビーは、あわや海老《えび》を喉に詰まらせるところだった。同じテーブルの、さっきまで料理や酒にかかりきりだった飛行士たちも、全員が顔をあげている。

チュクワがつづけた。「ええ、族長たちが牛の畜産をはじめて、それが効果をあげているんです。わたしも船をおりようかと考えています。なにしろ、近頃ではドラゴンの数のほうが世話をする人間より多いくらいで、空を怖がらない、空で取り乱したりしない落ちついた気性の者なら、三年で自分のドラゴンを持てるんです」

士官見習いの少年、ワイドナーが箸を取り落とし、椀《わん》をひっくり返して汁まみれになった。その失態によって、チュクワの話がしばし中断された。

「弟が、これぞ未来のかたちだと言うのです」チュクワが話をつづけた。「ドラゴンなら、ボストンからシャーロットまで一週間で、雹《ひょう》やみぞれや嵐でも荷物を運べるのですから、一トン以上積めなくても、なんの問題もありません。わたしは今回、積み荷をカリフォルニアまで船で持っていき、チュマシュ族の乗り手《ライダー》にロッキー山脈の向こうまで運んでくれないかどうか掛け合ってみるつもりです。引き受けてくれれば、ホーン岬を回る手間が省けますからね」

アメリカのドラゴン空輸便の発展は、当然ながら、ローレンスやほかの飛行士たちの興味を掻き立てた。だが、ローレンスの頭はもはや別のことで占められていた。最終的な輸送経路も定かでないというのに、それでも運びたいと思わせるほど価値ある積み荷を、チュクワはいったいどこで入手するつもりなのだろう？　いや、チュクワだけでなく、この場にいるほかの船長たちも同様だ。

ローレンスがそれについて尋ねようと口を開きかけたとき、テメレアが身を乗り出して小声で言った。「ローレンス、晩餐会がもうすぐ終わるから、ここであなたが乾杯の挨拶をするなら、とても礼儀にかなったことだと思うよ。あなたさえよければ、ぼくの考えた中国語の文章があるんだけど」ローレンスは、テメレアの口伝えを、わけもわからないままオウムのように繰り返すしかなかった。素面《しらふ》ならもう少しわかる部分があったかもしれないが、それも酔いの霞《かすみ》に呑みこまれてしまった。挨拶は最大級の拍手と丁重な礼で受けとめられたが、たとえ出席者全員の家族を侮辱する発言をしていたとしても同じ反応だったにちがいなく、大して慰めにはならなかった。

乾杯が終わって片付けがはじまると、ジア・ジェンがふらつきながら立ちあがり、中庭の壁沿いに用意された寝椅子でくつろぐように客たちに勧めた。テーブルが解体されて運び去られ、中庭になにもない空間が増えて、照明が消された。月のない夜だったので、深い闇のなかに突堤に並ぶ赤い提灯《ちょうちん》が浮かびあがり、明かりが水面にちらちらと反射した。

聞いたこともない奇妙な音が聞こえてきた。砂浜の先にララキア族の男がひとりすわっており、とてつもなく長い管楽器のようなものを構え、その管から深みのある野太い人間の声のような音を絶え間なく鳴り響かせていた。どうやっているのか、男は息継ぎもせずに吹きつづけていた。中国人の若い従者がふたり、突堤の端に立ち、長い竿《さお》の先につけた提灯を水面にかざした。そこには、ララキア族の若者の一団も待機していた。

晩餐会の出席者たちの口数が少なくなり、止むことのない楽器の低音と期待感がその場を包んでいた。座席に縛られることがなくなったので、客たちは母語で会話できる集団へとそれぞれに吸い寄せられていったが、話し声は低く抑えられたままだった。浜の奥までどんどん潮が満ちてきて、波がぴしゃぴちゃと突堤を洗った。

「着陸の経路を教えてるんじゃないかな」テメレアがそう言って、闇夜ではなにかが見えるはずもないのに夜空を見あげたとき、楽器の音が止んだ。突然の静寂のなか、水が泡立つような低いごぼごぼという音が、湾から浜の斜面をつたって聞こえたような気がした。

すると突然、提灯の明かりに照らされた海面に、金、深紅、青……さまざまな色があらわれ、揺れ動いた。そして、水面がごぼりと盛りあがり、光る眼を持つ巨大な大《だい》海蛇《かいじゃ》の頭があらわれた。大海蛇のひれから海水が流れ落ち、真珠の首飾りのように首に巻きついた褐色《かっしょく》の海藻《かいそう》からも、水が細くしたたった。

客人たちからまばらな拍手が起こり、感嘆のつぶやきが洩れた。けれども、あるオランダ人は、マカッサルの船長にフランス語でささやいた。「いやだねえ、船乗りなら誰だって、あれに出くわしたら肝を冷やす。怖くないなんて言うやつは嘘つきだ」

大海蛇がぱっくりと口を開いて待ち構えるところに、突堤の男たちがマグロをつぎつぎに放りこんだ。大海蛇が口を閉じ、嬉々として魚を丸呑みした。男たちはその脇腹に手を差し伸べた。海藻の何重もの首飾りの裏に、大きな金網《かなあみ》のネットが、ひれや脇腹に通した金輪によって装着されていた。

ネットの端が突堤に引きあげられ、元海軍のローレンスにはなじみ深い巻きあげ機《キャプスタン》で巻き取られていく。

二十人の男たちがキャプスタンの上げ棒をうめきをあげながら力いっぱい回し、大海蛇が運んできた荷箱を陸揚げしようとしていた。その箱は、卵を細く引き伸ばしたようなかたちに木を削り出したもので、金の帯金が巻きついており、大きさは一等級戦列艦の貯水用大樽ほどもあった。箱が水面に姿をあらわすと、別の集団が滑車のフックを引っかけ、奮闘の末に岸に引きあげた。見守っていた大海蛇に、またマグロが与えられた。同じ手順で、ふたつ目の箱が、つづいて三つ目の箱が引きあげられた。

そして金網ネットはふたたび海中に放られ、大海蛇が薄織物のスカートのように網を引きながら、体を返して海中に潜り、泳ぎはじめた。ローレンスはそれまで気づかなかったが、遠くの別の突堤でふたつの黄色い明かりが灯り、鐘《かね》が打ち鳴らされていた。大海蛇が頭をさざ波とあぶくのなかに沈めて去っていくと、赤い提灯がふたたび水上にあげられた。またもや客たちが静まり返り、新たな大海蛇が海面を割って頭を出した。金のネットときらめく海藻を首飾りのように巻きつけた姿で、大海蛇はゆっくりとまばたきをした。

15　皇帝からの手紙

大海蛇《だいかいじゃ》たちが、陽光を浴びながら、湾の外側の海の色がひときわ濃いあたりではしゃいでいた。うろこや金網ネットをきらめかせ、つやつやした体をくねらせて波間から跳び出し、また潜っていくようすが海岸からでも見える。三十頭はいそうだが、正確に数えるのはむずかしく、テメレアはなにか話ができないものかと飛んでいったが、大海蛇たちは会話するために遊ぶのをやめようとはしなかった。

「魚を食べることと泳ぐことにしか関心がないみたいだ」テメレアはがっかりしてドラゴン舎のそばにおり立った。

「ほかになにを期待したんだ?」カエサルが言った。「おいらのキャプテンが言ってたけど、あいつらは漁船にとって、とびきり迷惑な存在なんだ。漁網に捕まっては網を破っちまうんだって。つまり、漁網があるのにも気づけないくらいのぼんくらってことだ」

いまやドラゴン舎は、さまざまな船の船長とジア・ジェンと配下の役人たちにとって、真剣な商談の場になっていた。役人たちの仕事は、さまざまな取り引きをまとめ、それをジアに諮《はか》り、最終的な承認をもらうことにあるようだ。海岸には貨物箱が列をなしていた。それらが検査のために開かれていくさまは、まるで誰かが山のような豪華な贈り物をずらりと並べて楽しんでいるようだと、テメレアはせつない気持ちで考えた。

どの品もすぐにどこかへ行ってしまい、手もとに残すことはできない。そう考えると、少し悲しくなった。ここに滞在するあいだに、すでにたくさんの幸運と親切に恵まれたのだから、こんなふうに考えるのは強欲だと見なされてもしかたがないとは思うのだけれど……。

昨晩の宴席で、ローレンスが飛び抜けて華やかな装いだったことは、誰の目にも明らかだった。あの豪華絢爛《ごうかけんらん》たる長衣は、テメレアから申し出て油布と絹布で包み、自分の私物とともに箱のなかに厳重にしまいこんだ。ローレンスがこちらの望みどおりに衣類に気を配るとは思えなかったからだ。

あの貨物箱を空《から》でもいいから一個もらえたらすごくうれしいんだけどな、とテメレアは思い、何度か鼻を近づけて構造を仔細《しさい》に調べ、記憶にとどめた。とても精巧な造りで、中国からずっと海水に浸かって運ばれてきたというのに、ほとんど浸水していなかった。

箱の天地に長い出っ張りと溝とを噛み合わせる蓋があり、噛み合わせに沿って淡黄色の蜜蠟《みつろう》が引かれていた。蓋をあけるのは至難《しなん》の業《わざ》だった。喜び勇んで手を貸したテメレアだったが、いざやってみると、かぎ爪を隙間に差しこんでこじあけるには相当の力がいった。

なかには封蠟《ふうろう》が輸送中に剝がれてしまった箱もあったが、全体のうちでは三つほどで、そのうちのふたつは中身が磁器だったので、ただ濡れただけで品物は損なわれずにすんだ。浸水のせいで、一点ずつ取り出しては検品して乾かすというあきあきするような作業が必要になったが、テメレアはそれさえうらやましく思った。すてきな輝きを放つ磁器をひとつひとつ取り出し、水気をぬぐい、刈りこまれた草地に広げた布の上に並べて日光で乾かすようすを、イスキエルカ、カエサル、クルンギル、サランカとともに、ドラゴン舎の端から飽《あ》くことなく眺め、おびただしい数の美しい磁器を鑑賞した。

ただ、五頭は押し合いへし合いの状態にあり、最初は、小柄な三頭のあいだで煩わしい小競り合いが起こった。孵化して間もない三頭のなかでは、カエサルがいちばん大きかったが、クルンギルは昨晩カエサルの四倍近く食べており、二頭の体格にもう大差はなかった。一方で、いちばん体が小さなサランカにも、もともと自分はここの主《あるじ》なのだから、ほかの誰よりもよい場所をとるのが当然だという、もっともな言い分があった。

「なんでそんなくだらない場所とりで大騒ぎしなきゃなんないの?」イスキエルカが苛立って言った。「見て、大皿が出てきたわ。あれなら丸ごと一頭の牛だって盛りつけられそう」

「ふふん、ふふん。実にみごとだ」テメレアは思わず声が大きくなった。その皿には、鳳凰《ほうおう》のすばらしい模様が黄と緑で描かれている。もちろん、なんらかの汚損があれば惜しいことこのうえないが、塩水で彩色が少し褪《あ》せたぐらいで商品にならないと判断され、そのへんに放置してくれたらどんなにいいか、と思わずにいられない。

それでも、もめている若い三頭を振り返って、「いいかげんにしなよ」と、仲裁に入った。「サランカ、きみはこっちに来て。階段の上のイスキエルカとぼくのあいだにすわるんだ。クルンギル、きみはぼくの背中。きみがもう宙に浮かばな——」

「——もう宙に浮かばないならうれしいかぎり」イスキエルカが口をはさんだ。「まともじゃないし、見た目もすごく変だから」

「——もう浮かばなくても、きみはまだ軽いままだね。乗っかってるのもわからないくらいだ」テメレアは言った。「それからカエサル、イスキエルカの向こう側に体を収められるだろ。クルンギルにも見物できるように、ぼくが体の向きを少し変えてから、イスキエルカが背中を伸ばしてすわればいいんだ。言っておくけど、きみ、クルンギルがこの先大きくならないなんて言い張るのは、そろそろやめたほうがいいよ」

かくして平和が取り戻され、五頭のドラゴンは目の前で繰り広げられる魅惑的な光景のつづきを楽しむことができた。さらに金縁の大皿が数枚取り出され、陽光を浴びてきらめくのを見ると、テメレアは隣でイスキエルカが湿っぽいため息を洩らしても気にならなかった。思わずため息をつかずにいられないような逸品《いっぴん》だったのだ。

「ひとそろいもらえたらいいのに」イスキエルカが言った。「そうしたら、毎日あれで食べる」

「あれほどの品を料理で汚すのはどうかと思うわ」とサランカが言い、テメレアも同調したが、イスキエルカが持論を述べた。あの皿は最初にきれいな状態にあり、盛られたものを食べ終えればまたきれいにされるのだから、毎日あの皿がきれいになるのを眺める楽しみがある。さらには食事しながら皿を覆うものを少しずつ取り除いていく楽しみも味わえる、と。

テメレアはなんという快楽主義かとあきれたが、よく考えれば、皿とはそもそも食事を盛りつけるためにあるのだから、割らないように気をつければ、そんなふうに毎日使ってもいいのかもしれない、と思い直した。

ようやく乾いた皿が今度はふつうの運送用の荷箱に梱包《こんぽう》された。その荷はオランダ行きらしかった。少なくともオランダ人船長が、ジア・ジェンの配下の役人と熱の入ったやりとりの末に、その箱を運び去ろうとしていた。役人が手もとの帳簿を調べて何度か首を横に振ったのち、ようやく取り引きが成立したのだ。

一方では、厳重に鍵をかけてドラゴン舎に保管されていた収納箱があけられた。箱のなかには金の延《の》べ棒《ぼう》がぎっしりと詰まっており、そこから十本が慎重に抜き取られ、役人の手でひとつひとつ紙にくるまれた。墨《すみ》の壺《つぼ》と筆を手にした別の役人が、その包み紙に漢字で大きく表書きをした。

「なんて書いてあるんだろう」イスキエルカが、英語さえ一文字も読めないのに、わざわざ首を伸ばしてのぞきながら言った。

「宛名《あてな》だよ」テメレアは目を細くしてそれを読んだ。「〝京都商会《ジンドゥ》〟、貿易商だと思う。〝磁器五百点の支払分計十本中の三本目〟だって」金の延べ棒はさらに油布で丁寧に何重にもくるまれ、別の貨物箱に収められた。その貨物箱は中国に戻されるのだろう。

残りの磁器の大半は包装が解かれなかったので、五頭のドラゴンはがっかりした。一点ずつ紙に包まれたまま取り出され、軽く振ってみて破片がこぼれなければ、そのまま新たな荷箱に移された。磁器のかけらが出てきたものが数点あり、包装紙が解かれて割れた品が残らず取りのけられ、その旨が勘定書に記された。粉々に割れた品ばかり眺めているのは心が満たされないどころか哀れを誘った。

浸水した貨物箱のひとつには、大量の絹織物が入っていた。油布の包装の下まで海水が入りこみ、反物《たんもの》のいくつかには手のほどこしようのない染みがつき、取り出されて日光のもとで広げられると、テメレアはただただ悲しくて、がっくりとうなだれた。薄緑と深紅の反物のいたるところに、縁に白く塩の浮いた染みが大きく広がっている。しかし、役人たちは達観したように肩をすくめただけで、取り除いた反物をほかの汚損品といっしょに積みあげた。汚損について記した書状が油布にくるまれ、支払いに添えられた。

朝の時間はまたたく間に過ぎていき、取り引きに拍車《はくしゃ》がかかった。残りの品々がすみやかに箱から出され、詰め直され、海上に待つ船まで手漕《てこ》ぎボートで運ばれた。船では乗組員たちが品物を積む一方、代価の品がボート上の貨物箱に詰められた。正午になる前に、小型の船が港を離れはじめ、マカッサルの漁師たちが歌いながらカヌーを帆かけ漁船まで漕いでいき、荷積みの作業に打ちこんだ。そして船は、櫓《ろ》を漕ぎながら小さな白い帆を開き、大海蛇のいるあたりを過ぎて、水平線上の雲のなかに消えた。

そのあとも、残りの貨物箱から中身がすべて取り出され、船からおろされたまま一週間ほど放置されていた多くの品々がそこに詰められた。干して燻製《くんせい》にした大量のナマコや、ひとつひとつ紙にくるまれて甘い香りを放つ果物などだ。

「果物まで輸出するつもりなのかな?」見物にやってきたローレンスが訝《いぶか》しげに言った。

テメレアは、新しい墨の壺を取りにあたふたと戻ってきた役人に中国語で尋ねた。

れていた。〝銀針〟、〝白龍〟、〝菊花〟。樽のひとつが開封されると、芳しい茶葉の香りがドラゴン舎のあたりまで漂ってきた。

「きみは、今回の便で何トンの品が運ばれたと思う?」ローレンスがサルカイに話しかけるかたわらで、テメレアは、船長たちが目の玉の飛び出るような価格で中国茶の売買交渉を進めていくのを、うらやましく眺めていた。

「最低でも二十トンですね」サルカイはそう答えると、誰にも引き取られることなく浜に取り残された品々の小山を手で示した。テメレアには放置された品々のどこがいけないのかわからないのだが、どう処分されるのかとても気になっていた。「あの余った残りの品が、シドニーに送られるのでしょうかね」サルカイが言った。

「あれは、わたしたちのものなの。ララキア族の土地を使わせる代金の一部です」サランカが頭をもたげて説明した。「売り物にならない品物はみんな、わたしたちがもらう。わたしたちがいらないものは、ピチャンチャチャラ族やヨルング族と物々交換する。たぶん、ピチャンチャチャラ族はそれをバーキンジ族やウィラジュリ族と物々交換して、バーキンジ族やウィラジュリ族がそれをシドニーに持っていって、あなたたちに売るんだと思う。だから、誰もが好きなものを手に入れられる。誰もが行きたくないところに行かなくていいし、品物が最後に売りさばかれるまで、誰のもとにもいらないものが残らないのです」テメレアは、なんと隅々までうまくできた制度かと感心した。

だが、ローレンスとしては感心してばかりではいられなかった。「大海蛇は、こういう荷物をどれくらいの頻度《ひんど》で運んでくるのだろう？」

サランカが、ララキア族のビンマックに話しかけた。ビンマックは、サランカの世話をする女たちの長で、独特の深みのあるやさしい声で話した。いつも黙って仕事しているので、飛行士たちは彼女のことを内気な女性だとばかり思っていた。ところが、囚人のメイナードがまたもや備蓄からくすねたラム酒で若い娘を誘惑し、ドラゴン舎の裏手に連れ出そうとした事件のあと、ビンマックは一目置かれる存在になった。

メイナードは――この手の行為に厳格な意見を持つローレンスに見つからないように――甘いささやきと身振り手振りでこそこそと十分間ほども娘とやりとりしていたのだが、最初こそまんざらでもなさそうだった娘が拒むような態度を見せると、強引に娘の腕をとってどこかに連れていこうとした。

テメレアが自分ではなくサランカの仲間であるその娘のことをローレンスに知らせ

るべきかどうか迷っているうちに、ビンマックが無言のまま立ちあがり、太い薪《まき》を一本手に取り、メイナードに近づいて、背中に渾身《こんしん》の一撃を食らわせた。メイナードがひとたまりもなく地面に倒れ伏し、ラム酒がこぼれて広がった。

テメレアは、ラム酒に濡れて真っ赤な顔で立ちあがるメイナードを見て、いい気味だと思った。女たちも歓声をあげながら、メイナードのシャツ――女たちは服のたぐいをほとんど身に付けていなかった――に広がる黒ずんだ染みを指さして笑った。メイナードは、ビンマックのにこりともしない非難の表情と手にした凶器《きょうき》にたじたじとなり、そそくさと逃げ去った。

そしていま、ビンマックは、サランカが訳したローレンスの質問を聞きながら、なにかを考えている。やがて彼女が長い答えを返し、それをサランカが通訳した。「今回の荷はとりわけ多かったそうよ」サランカが言った。「ビンマックが言うには、訓練を終えた大海蛇が増えて、運んでくる量もどんどん増えているのだとか。中国人は、大海蛇が空荷《からに》で三往復をやり遂げるまで、品物を託すのは控えるそうよ。なにしろ、かなりの長距離を泳ぐので。新入りの大海蛇が気まぐれを起こして、品物ごと行方《ゆくえ》不明になることがときどきあるんですって。頻度は月に一度。今は、ここと広州《グワンジョウ》を往復するように訓練された小隊がふたつ。片方の隊がここを出発すると、もう片方が広州を出発し、それぞれの隊が反対の目的地を目指すの」

「小隊の数も増えるのだろうな、遠からずして」ローレンスが厳しい表情で言った。テメレアもきっとそうなるだろうと思った。魚しか欲しいものがなく、どこの海で泳ぐかにもこだわらないとなれば、魚をふんだんにもらえるこの海までやってくるのは当然というものだ。現に、ララキア族は四六時中、鐘を叩いては、寄ってくる大海蛇たちに魚を与えていた。

「英国政府のお歴々《れきれき》は、お気に召さないでしょうね」と、グランビー。「どれくらいでこの件を聞きつけると思います？　そう先ではないはずだ」

「だろうな」ローレンスが言った。「あの紳士たちは」と、まだ港に停泊中の船のほうを示す。「いわば冒険商人だ。ひと山当てたくて、耳よりな噂を頼りに船を走らせる。だが、これからあのひとりひとりが寄港先で話すのは、噂ではなく本物の儲け話だ。そんなことが繰り返されているとしたら、英国船の船長の耳にもすでにその手の話が届いているはずだ。英国の多くの東インド会社貿易船がこのあたりの海をくまなく航海し、中国にも赴《おもむ》いているのだから」

たとえそうだとしても、この交易地で行われている交易が英国にとってどんな意味を持つのか、テメレアにはよくわからない。しかし、ローレンスもグランビーもサルカイも、それがきわめて挑発的な行為と受けとめられて、怒りの報復が行われるのも時間の問題ではないかと憂慮《ゆうりょ》している。

「中国の輸出品の価格を吊りあげている関税制度がここにはないのだから、ここでの交易が拡大すれば、広東経由の英国の貿易業は大打撃をこうむるにちがいない」ローレンスが言った。「しかも、大海蛇を使った輸送は、損害の危険度が低い。大海蛇は沈没しないし、ときどきあらぬ方向へ泳いでいったり貨物箱を紛失したりすることがあったとしても、大海蛇一頭に商船一隻ほど大量の荷は託されていないのだから」

ローレンスはつづけて言った。「だが、いまが最悪ではなく、さらに悪い状況も考えられる。ここは密輸業者のねじろではなく、発展中の港湾都市だ。そして、その後ろ盾は、われわれの敵国ではないにせよ、同盟国でもない国家だ。このインド洋の果ての港は、間違いなく、英国の海運業と海洋支配に対する非常に差し迫った戦略上の脅威となる」

テメレアは内心、英国のような小さな島国が地球の反対側の大海を支配したがるのは、ちょっと無理のある話ではないかと考えた。そのうえ、英国よりずっと大きくてこの地に近い中国が、みんなが買いたがるようなすばらしい品々を大海蛇に託して寄こしていることに、いちいち文句をつけられるものだろうか。「きっとここの中国人たちは、英国の商人が来たってかまわないと思ってるよ」と、テメレアは言った。「中国はこれまで、英国との交易を拒んではこなかった」ローレンスが言った。「ただし、いまのような交易をつづけても、結局は、わが英国政府が以前から抗議してきたのと同じ厄介な問題が噴出する。英国と中国とのあいだの貿易摩擦《まさつ》は、物流が拡大すれば、いっそう深刻になるだろう。中国側が英国の加工製品を、つまり英国が儲かるような品々を輸入したがらないからね」

「ただし、阿片《アヘン》だけは例外のようですね」サルカイが、ちくりと言った。「阿片だけは、独自の人気で食いこんでいる。法と取り締まりの網の目をくぐり抜けるのはたいへんかもしれませんが、抜け穴がないわけではない」

ローレンスが黙りこくった。ローレンスは、阿片を容認しているわけではない。ただ、旅先で獲物を狩るよりも阿片を使って牛や羊をおとなしくさせて運んだほうが、ドラゴンの食糧事情はよくなることは確かだ。テメレアも、今回の旅に阿片を持参していれば、あの緑の谷間から牛を何頭か連れてこられたのにと、かなり残念に思っていた。

「阿片貿易だけで英国政府の気がすむわけではないだろう」ようやくローレンスが言った。「交易を広東一港のみに限定する制限貿易体制が維持されるかぎり、中国皇帝の裁量ひとつで、わが国の船舶を襲うフランス側に安全な港が提供されることにもなりかねない。あるいは、皇帝の胸三寸《むねさんずん》で、儲かる取り引きから英国商人だけが閉め出されることも充分にありうるわけだ」

ただちに自分たちが得た情報を持ってシドニーに戻らなければならない、とランキンが主張した。とりわけ強く意見したのはランキンだったが、グランビーもローレンスも、迷うことなくそれに同意した。だがテメレアは、自分たちの予測が当たっているのなら、放っておいてもいずれ英国政府はこの港の存在を知るだろうし、わざわざ動かなくてもいいのではないかと指摘した。こちらがシドニーにたどり着くころには、もはや新しい情報ではなくなっているかもしれない、と。

それでも、彼らは報告することを責務と考えていた。テメレアはしかたなく、ため息をつきながら、エミリーとサイフォが例の長衣を自分の貴重品とともに荷造りするのを監督した。こんなに手厚く歓待されて快適に過ごせる日々がつぎにめぐってくるのは、いったいいつなんだろう？　そう考えると、やるせなかった。

もちろん、それを口に出したわけではない。職務がからむ以上、そんな理由で行きたくないとは、気概に欠けるようで言い出しにくかった。それでも、飢えと炎暑に苦しみながらふたたび乾いた荒野を渡る長い旅路がはじまるのかと思うと、いささかつらい気持ちになった。クルンギルの食べる量がますます増えているので、復路は飢餓《きが》への対処がいっそうむずかしくなるだろう。そして旅の終わりに待っているのは、そもそも自分たちがあそこを離れる原因になった気詰まりな境遇だ。

「いまごろは、本国政府からなんらかの回答が届いているにちがいない」ローレンスが言った。

「でも、ブライを復権させるっていう命令書が送られてきてたら？」テメレアは言った。「そんなのぼくらにとってすごく都合が悪いし、ブライだってぼくらが戻ってくるのがおもしろくないに決まってるよ」

「復権となれば、どのみち、ブライには我慢しなくてはならない。遅いか早いかの問題だ」我慢しなければならないからこそ、できるだけ遅く帰りたいのだと、テメレアは思った。

それでも、これからは自分を訪ねてくれる者がいると思うと、慰められた。ロン・シェン・リーが来るだろうし、サランカもいつかシドニーを訪ねると約束してくれた。「そんなにしょっちゅう行きたいとは思わないけれど、わくわくするわ――」サランカは言った。「食糧と水の確保という難題さえどうにかすれば、訪ねていけるわね。わたしの仲間が言うには、あなたがたは運がよくて、今年はとても雨に恵まれているそうよ。いつもはこんなに緑はなくて、一年のこの時期、水場はほとんど干上がっているらしいの」

それを聞いて、テメレアはため息をついた。大陸縦断を簡単にやってのけるロン・シェン・リーにも会えるとうれしいのだが、リーには会話を通していろいろ教えてもらうことは期待できそうにない。

一行の出発直前になって、ロン・シェン・リーが中国から戻ってきて、ちょっとした騒動が起きた。というのも、ドラゴン舎の外に舞いおりるや、翼もたたまないうちに、彼女がこう言ったからだった。「ジア・ジェン、すぐに全員集めて。皇帝陛下からお手紙、お預かりしてきました。ラオ―レン―ツェ様へのお手紙！」

誰もが仕事の手をいったん止めて、中庭に集合した。役人たちがひとしきり協議した結果、中庭なら手紙への叩頭《こうとう》の礼もできるので、手紙を開封する場所としてふさわしいと結論されたのだ。

「手紙に叩頭の礼を？」テメレアの説明を聞いて、ローレンスがとまどいを見せた。

「皇帝の封印があるからね」テメレアは言った。「皇帝の分身がここにいるようなものなんだ。そういうことになってるみたい。いい機会だから、もう一度、あのすてきな長衣を披露するっていうのはどうかな？」

「いや、もうけっこう」ローレンスが言った。「手紙にお辞儀をしたり、地面に頭をこすりつけたりするのだとしたら、うっかり裾を踏んで転ぶんじゃないかと心配したくない」

「おいらのキャプテンは、断じてそんなことはやらないって言ってるよ」カエサルが横から口をはさみ、テメレアは鼻を鳴らした。

「もちろん、やらなくていいさ。皇帝がきみのキャプテンに手紙を書くわけがないんだから」テメレアは澄まして言った。「ぜんぜん重要人物じゃないからね」

鮮やかに切り返してやったと満足し、テメレアはローレンスと儀式に赴いた。なんやかやとあったのち、仰々《ぎょうぎょう》しい赤い封印付きの手紙がローレンスに渡された。ローレンスは開封して眺めていたが、内容をまったく理解できていないようだ。残念なことだが、ローレンスは大意を汲みとれるほど漢字を学んでいない。それに文字が小さすぎて、テメレアにも読むことができない。

「でも、サイフォなら読めるかも」テメレアは言った。「意味がわからない部分があったら、それを大きく書いて、ぼくに尋ねればいいよ」

手紙は長文ではなかったが、慈愛に満ちた内容だった。皇帝はローレンスの家族の健康を気遣い、ローレンスがもう結婚したかどうか尋ねていた——サイフォが少したspringfieldめらってから言い添えた。「もしまだなら、満州八旗《まんしゅうはっき》〔満州人を中心とした清朝の軍事・社会組織〕の貴族で、未婚の若いご婦人がいて、とてもお似合いの相手ではないかと書いてあります」このくだりに、テメレアは冠翼をぺたりと倒し、ローレンスが「えっ？」と声をあげた。

「もちろん皇帝に刃向かうつもりはないけれど」と、テメレアは言った。「ローレンスにその気がないのに、誰かと結婚しなくちゃいけないとは考えないな。ほかには何が書いてある？」

「あなたたちのおかげで――〝咳熱〟って書いてあると思うんですが、その病気の治療薬が広まったことを知った、と」サイフォがさらに先を読んだ。「大英帝国政府内の常軌を逸した愚昧《ぐまい》の者たちが、多くの命を犠牲にしてまで、この天の助けの妙薬を独占するところであった。そなたらの行いを称賛する。誰もが知るとおり、国家への忠誠は子としての忠誠の上に築かれるものであり、天の御意志を遵奉《じゅんぽう》することこそ、すべての土台である。そなたらは困難な状況に際し、正義の信念に基づいて行動した、そのことを喜んでいる、と」

テメレアが思ったほど、ローレンスはうれしがっているようには見えなかった。ただ、その手紙の警護と金の盆に載せて運ぶ役割を命じられた若い役人は、サイフォが手紙を読むあいだに向かい側から読みとって、皇帝陛下の恩寵《おんちょう》に深く感じ入っていた。

「あの行動への称賛や褒美《ほうび》は、当然ながら、すべてきみのものだ」ローレンスが言った。「いずれにしろわたしは、どう思われようがかまわない相手から感謝されても、いささかも満足感を得ることはない――相手がナポレオンでも、中国の皇帝でも。あとはなんと？」

「必要なものはなんでもジア・ジェンに申しつけるように、とだけ書いてあります」サイフォが言い、ローレンスは少し間をおいてから言った。「教えてもらえるだろうか——この手紙は皇帝から直接送られたものなのか？　皇帝は、わたしたちがこの交易地にいることをご存じなのだろうか？」

テメレアはロン・シェン・リーに視線を向けた。リーが言った。「あなたがたのお越しを知らせる書状を渡し、お返事持って帰ってきた。いつもと同じ、遅れはあらず。この書状は、翠玉種《ジェイド》のドラゴンが、北京《ペキン》から広州《グワンジョウ》まで二日間で運んできました。テメレア、あなた宛ての手紙も」

テメレア宛ての書状は、こちらから送った手紙への返信であり、羊皮紙の巻物に皇帝の手紙よりもはるかに大きく文字が記されていた。手紙のなかで、母ロン・ティエン・チエンはテメレアの無事を願っていた。

あなたのいる場所がこれまでよりもずっと近くなったことに、心の安らぎを覚えます。いまだはるかな距離を隔てているとしても、少なくとも手紙のやりとりならば、はなはだしい時の隔たりに我慢しなくてもすむようになったのですから。あなたが昨年八月に書いた手紙が最近になってようやくこちらに届きました。このような状況にはとうてい満足できるものではありません。イングランドでの近年の動乱のことを、あなたの友人のミスタ・ハモンドから伝え聞いて、震えおののいておりました。ですから、あなたがその地に無事にたどり着いたと聞いて、うれしさもひとしおです。

あなたの手紙のなかの緑の谷間の描写に心惹《ひ》かれました。そこの景色についてまた知らせてくれるのを楽しみに待っています。その谷間には長く落ちつくつもりですか？　そうであるなら、とてもうれしいのですが。『楚辞《そじ》』を一巻同封します。あなたの勉学が進んでいれば堪能できることでしょう。

「きみもぼくといっしょに読むといいよ、サイフォ」テメレアは大喜びで言った。「母君はなんてやさしいんだろう！　帰りの旅のあいだ、この詩集を一日に一篇ずつ、大事に読むっていうのはどうかな。そうすれば、きっと旅が短く感じられる」

ローレンスはこれほど迅速《じんそく》に北京から手紙が届いたことに言葉を失い、驚愕していた。だがテメレアはむしろ、英国から送った手紙が中国に届くまでにそこまで長くかかるなんて、尋常ではないし困ったことだと思った。

「手紙を預かった伝令竜が、英国から外洋上をそんなに飛ばなくていいルートで行けるといいんだけどね。たとえば、あの漁師たちの住んでいるマカッサルまで飛ぶ」テメレアは言った。「そして、マカッサルから漁師が船でここまで渡ってきて、ロン・シェン・リーがシドニーのぼくたちまで届ければいいんだ。すごく早いってわけじゃないだろうけど、八か月もかかるってことはないよ！　八か月遅れの手紙なんて、なんの役に立つかな。そのあいだに、いろんなことが変わってしまう。作り話だって書けるじゃないか。たとえば〝ふふん、ぼくはきれいな真珠をひと袋もらったよ〟って書き送って、相手からそれを見せてほしいって返事が来たら、〝一年前の話じゃないか、もう全部なくなっちゃったよ〟って書けばいいんだから」

ローレンスが、北京駐在の外交使節、アーサー・ハモンド宛ての手紙を書きはじめた。テメレアにとって、初めてあったときのハモンドは、それほど印象のよい人物ではなかった。ハモンドは、港や海運に関する英国の利権を引き出すためなら、大喜びでテメレアを中国に差し出すつもりに見えた。テメレアは、英国にとっての自分の価値を過小評価しているし、そもそも、かなり無礼なことではないかと感じていた。

しかし最終的には、ハモンドがきわめて優秀な外交官だとわかり、養子縁組に関する大量のごたごたも、彼のおかげでなんとか乗り切れた。そこではじめてテメレアは、ハモンドに対して友好的な態度をとるようになったのだ。そんなわけで、ハモンドによろしくと書いてほしいとローレンスに頼んでいるところに、ミスタ・チュクワがジア・ジェンをさがしてドラゴン舎に入ってきた。

「残念ですが、夕食前に出帆します。実を言うと、あなたにというより、わたしにとって残念なことに――」チュクワが言った。「いまここから出ていかないと、まずいことになりそうなんです。先刻、フリゲート艦が一隻、水平線上に姿をあらわしました。どんな旗も掲げていないのですが、英国人が操船しているかどうか、わたしには見ればわかります。うちの優秀な水夫をごっそり持っていかれたくありません。お気を悪くなさらないでください」

チュクワは、ここでローレンスに軽く頭を下げて言い添えた。「英国海軍の強制徴《きょうせいちょう》募《ぼ》は理不尽を極めつつあります。われわれは一七七六年に英国に対して反旗をひるがえした。必要とあらば、ふたたびそうするつもりです」

「おやおや」と、テメレアはローレンスに言った。「これで、ぼくらが急いで出発する必要はなくなったね。だってもう、英国海軍は知ってしまったんだから」

「そうだな」ローレンスが険しい口調で返した。「もう伝わったということか」

16 際限なく海からあらわれるもの

夕闇が訪れるまでに、くだんのフリゲート艦は海岸からも見えるようになった。その少し後をスループ艦が一隻、ついてくるのもわかった。「どうやら、ニリーデ号のようだな」ローレンスはなにか見えるものはないかと、望遠鏡で艦首に目を凝らしながら言った。「最後に読んだ官報によれば、ニリーデ号はフランス領フランス島〔現在のモーリシャス島〕に遠征した。艦長はコーベットだ」その艦長について聞いていたことはあえて口にしなかった。叩きあげの艦長で、部下への残虐行為で軍法会議にかけられた男――。だが、半年たって変化が起きているかもしれないし、もともと誤った噂なのかもしれない。

「おそらく、ここは――」グランビーが、言いにくそうに口を開いた。

「行くとしたら、ここはカエサルしかいないだろうな」ローレンスは言った。「イスキエルカもテメレアも、あの艦にはおりられない。クルンギルが行ったとして、ディメーンの言うことに向こうが耳を貸すかどうか怪しいものだ。まあ、わたしに対しても同じだろう。艦長がわたしの反逆罪について知らないことなど、まずありえない」

「ボートで行けるところまで、ニリーデ号が近づいてくるのを待つという手もありますよ」グランビーがぼそりと言った。

だが、こちらから出向くほかなさそうだ。英国海軍の艦隊がそばまで来ているのに、なんの挨拶もしないというわけにはいかない。つまり、ローレンスとグランビーは、カエサルに乗って、ランキンに同行するしかないということだった。ランキンは、ローレンスたちに相談するまでもなく、自分が行くのが当然と考え、さっさと軍服を着替えにいった。カエサルも海岸で出発の準備を整え、得意満面になっていた。


「きみたちと出会えて喜ばしいかぎりだ」ニリーデ号艦長のネズビット・ウィロビーが言った。ウィロビー本人の説明によれば、ローリー戦隊司令官の指揮のもと、フランス領レユニオン島〔マダガスカル島の東、インド洋上に位置する島〕を攻略し、失われたケープタウンに代わる港を確保した功績によって、コーベット艦長の後任になったということだった。

だが、艦長が替わっていたからといって、安心はできなかった。ウィロビーもまた、部下への虐待の疑いで軍法会議にかけられた過去があり、艦に漂う雰囲気は重苦しかった。乗組員には陰気な堅苦しさがあり、ひたすら懲罰を恐れる者の目をしていた。彼らは、根深さを感じさせる警戒心をもってカエサルを見つめた。

「といっても」と、ウィロビーがつづけた。「今回、さしたる困難は想定していない。むしろ、あの連中の無謀さに呆《あき》れている。よくもまあ、こんなところに入植したものだな。四千マイル四方に属領ひとつなく、防衛するのが、まともに進めもしないジャンク船の寄せ集めとは。むろん、ドラゴンは別だが、いるのは盗まれたドラゴン一頭だけと聞いて安心した。そのドラゴンの奪還はもう無理なのか？」

「残念ながら」と、ランキンが口を開いた。「すっかり向こうに懐柔《かいじゅう》されて、奪還は望めそうにありません。わたしの部下の数名が――」その口ぶりの厚かましさにローレンスは思わず口をはさみそうになったが、ぐっとこらえた。「餌《えさ》で釣ろうと試みていますが、その雌ドラゴンはどんな誘いも拒んでいます。卵のときに向こうの手もとにいた期間が長すぎたのです」

ウィロビー艦長がうなずいた。「ふむ、遺憾《いかん》なことだ。しかし、孵ったばかりで訓練も受けていないのなら、たいしたことはあるまい。いずれにしろ、こちらが状況をはっきりさせてやれば、ただちに降伏するだろう」

「〝状況〟とは、なんのことでしょうか？」ローレンスがやや鋭い口調で尋ねると、ウィロビーは嫌悪の視線を返した。

「わたしはそもそも、きみがこの協議に出席することを好ましく思ってはいないのだ、ミスタ・ローレンス」ウィロビーは言った。「黙っていてもらえないか。国賊の流刑《るけい》囚《しゅう》の詮索《せんさく》に付き合うつもりはない」

「ウィロビー艦長」ローレンスはこえらきれずに言った。「わたしに対するあなたの感情と評価に、わたし自身から意見することをご容赦願いたい。わたしの行動を縛る権限をあなたよりはるかに持った人々に対しても、わたしはいまのような非礼を許してこなかった。わたしの同席がお気に召さず、いまは異例の非常事態であるから礼節などかなぐり捨ててもかまわないというお考えであるなら、さっさとわたしを追い出されるがよい。ただし、そのような侮辱に対して、二十トンの天の使い《セレスチャル》種のドラゴンが、わたしよりも寛容であるとは保証できませんが」

ランキンが、ローレンスの暴言にひるんで視線を逸らした。スループ艦オッター号のトムキンソン艦長が片手を口にあてがって、気まずそうに軽く咳払いした。

グランビーだけがローレンスの発言にいささかも動じることなく、付け加えて言った。「あなたが本気でひと騒動を起こすつもりなら、ぼくたちと出会ったことを喜ぶべきではありませんね。その二十トンのドラゴンについてですが、テメレアは、ここの人たちが攻撃されるのを黙って見てはいないでしょう。ほかのドラゴンたちも、テメレアを裏切りたいとは思わないでしょう。目下のところ混迷しているぼくたちの序列について、キャプテン・ランキンがなにを言ったかは知りませんが、そんなものがドラゴンたちにはまったく影響しないことをテメレアはよく承知しています。で、あなたはどんな命令を受けているのですか?」

ウィロビー艦長が顔をしかめた。面長《おもなが》の顔だちで、髪が頭の丸みをさらすまで後退しており、あまりきちんとした身なりではない。八か月間を海上の、間に合わせの寝台でしか寝てこなかった男の風貌《ふうぼう》だ。ウィロビーは不愉快そうではあったが、ローレンス以外の者から質問されたのを渡りに舟と、グランビーに向かって言った。「われわれが受けた命令は、この港の攻略だ。降伏しなければ、わたしが攻略する。すべてを破壊し尽くすことになる。徹底的な砲撃をもって攻め落とす」

ウィロビー艦長にその権限があるのは確かだった。グランビーに読むことを許した命令書には、ローリー戦隊司令官からの詳細な指示が書かれていた。もし、そのような港が実在するならば、容認は不可能、要塞《ようさい》を築かれる前に攻略しなければならない。その根拠は、単なるこじつけにすぎなかった。摂政殿下が、オーストラリア大陸のうち、オランダがウィレム・デ・フラミングの大航海を根拠に領有権を主張する以外の土地を求めておられる。しかしそれに対して、フランスがラ・ペルーズの遠征航海を理由に、領有権を主張しかねない現状にある——。

「どのみち、やつと命令書の内容について論じても無駄ですね」陸に戻ってくると、グランビーが言った。「聞く耳を持っちゃいません。そして、命令書は簡明で、含みがなかった」

ウィロビー艦長は、会見の際に言ったものだ。「いま中国に戦いを仕掛けるのか、それとも一年後に延ばすのか。一年後には、この地に砲台が築かれ、フランス人どもがわが英国の貿易市場を楽しげに侵犯するのを助けているだろう。そう、やるなら、いましかない。わたしに言わせれば、遅すぎたくらいだ。いまや中国は、ドラゴンというお宝をナポレオンにつぎつぎに貢《みつ》いでいるのだからな。独裁者どうし、よほど気が合ったと見える」

それは、中国がテメレアの卵をナポレオンに譲ろうとした当初の意図を、はなはだしく誤解した発言だった。あれは中国国内の事情から生じたことであり、皇位継承権をめぐる争いを回避する方便にすぎなかった。そして言うまでもなく、リエンは中国側の意向でフランスについたわけではない。皇太子への反逆罪に問われて国を追われ、テメレアたちに復讐したいという執念だけで、ナポレオンのもとに行ったのだ。

しかし、ウィロビー艦長の敵愾心《てきがいしん》の底には、中国に対する別の恨みがあった。彼は語気を強めて言った。「中国が東インド会社の貿易船を略取したやり口、そして、わが英国がそれに対して弱腰にならざるをえなかった屈辱。あれを思い返せば、男たる者、戦意を掻き立てられるのは当然だ。いまこそ目に物見せてやらねばならん」

ローレンス自身も、中国が英国船を徴発したと知ったときの憤りをまざまざと思い出すことができた。四隻の英国船が徴発され、中国の使節団を乗せて英国まで航行することを強いられた。中国側は、交易の積み荷をおろさせて船賃も払わず、高飛車な要求だけを突きつけてきた。それは英国の主権を著しく侵害する行為であり、ローレンスも、それを聞いたあらゆる船乗りと同様、はらわたが煮えくり返った。そしてそのとき英国政府のとった卑屈な対応のせいで、怒りはいささかもおさまらなかった。英国政府は当時、中国の参戦を防ぐことに汲々《きゅうきゅう》としていた。あるいは、下手に出てやればなんとかなると高《たか》をくくっていた。

当然ながら、ランキンから降伏を要求されたことを、ジア・ジェンは屈辱と受けとめた。ただし、テメレアがどう通訳しているかはかなり怪しかったし、通訳したあとには、自分の論評まで付け加えた。「なんでこんなことがまかり通るのかわからないよ。結局、英国に領有権があるなんて、摂政殿下の言い分でしかないんだ。ここはラキア族が、昔からずっと何代も何代も暮らしてきた土地だよ。もしぼくがロンドンにおり立って、『よろしい、わたしがロンドンに最初に着陸した中国のドラゴンだから、ここは皇帝陛下の領土である』なんて言ったらどうなの？　この件には、その程度の道理しかないよ」

ランキンがぴしゃりと言った。「いいかげんにしろ。そういう命令なのだ。どうしても異を唱えたいなら、よその国の回し者の前ではなく、内輪でこっそりやれ」

「よくもそんな偉そうな口がきけたもんだね」テメレアも容赦がなかった。「ジア・

ジェンの屋敷に寝起きして、ご馳走《ちそう》にもなったくせに。ぼくにはレクイエスカトの卑しいふるまいと、どっこいどっこいに思えるな。それにどのみち、ジア・ジェンには英語が理解できないんだ。だから、通訳したんじゃないか。彼のそばでぼくが英語でなにを話そうが、彼にはわからないよ」

英国政府は、この地における交易が、北京で結ばれた条約に違反すると主張していた。つまり、ハモンドがまとめた中国との協定において、中国は、中国が開港した貿易港なら、他の西洋諸国と同じ条件で、どこにでも出入りできる権利を英国に与えたのだ、と。

それに対してジア・ジェンは、とても丁寧に意見を述べた。その協定は、中国が自国の貿易商に好条件を与えることを制限していない。自国の民を優遇するのは当然のことで、さらに言うなら、この港はもともと中国のものではなく、ララキア族の所有地だった。その土地を広く使用する権利をララキア族が寛大にも中国人に与えているにすぎないのだと。

「言うまでもなく、ここでは英国の貿易商もつねに歓迎されます。いかなる場合もです。実際にポンフリー号が――」と、ジア・ジェンは言った。「この春に来航しました。船長は気持ちよく取り引きできる、道理をわきまえたお方でした。ウィロビー艦長がお考えを改められるとよいのですが。二国間の意見の相違や不仲は、このうえなく心痛むものです。皇帝陛下にご愁傷《しゅうしょう》をもたらすのではないかと案じております」

ローレンスは、ランキンの険悪な顔つきを無視して言った。「ミスタ・ジアア、あの協定の条項には曖昧な部分があり、この港の所有権についても議論の余地があることは、あなたも認めてくださると思います。つまり、ララキア族だけなら、このような貿易ははじめなかったでしょう。ですから、貿易を一時的に停止してくだされば、そのあいだに両国の政府が、双方の満足のいくような条約の修正について討議し——」

しかし、ジア・ジェンはもっともな理由から、説得に応じようとはしなかった。きっぱりと拒むわけではないが、おだやかで遠回しに、大海蛇の管理のむずかしさ、大海蛇の旅程を乱せば訓練が台無しになること、貿易からの収益がないと大海蛇の餌代をまかなえないことなどを訴えた。また、建設を予定している倉庫の話も付け加え、ローレンスを動揺させた。「皇帝陛下の命により、すでに数名の大工が家族とともに旅の準備をしており、ロン・シェン・リーがつぎの飛行で連れてくることになっているのです」この話は当然、火に油を注ぐようにウィロビー艦長の戦意を煽ることになりそうだった。

「なんの希望も得られなかったな、予想にたがわず」実りなき会見を終え、ローレンスは暗澹《あんたん》として言った。

「慰めにならないかもしれませんが」サルカイが言った。「中国側からなんらかの譲歩を無理に引き出したところで、ウィロビーを納得させられるかどうかは疑問ですね。目的は港の略取なのですから、それ以下の結果には満足しないでしょう。慎重な対応を求められて納得するような、政治のわかる人間とも思えません」

「でも、あいつの言うことは理不尽そのものじゃないか」テメレアが抗議した。「英国がここにつくった港を、中国人が横取りしたわけじゃあるまいし。だいたいぼくらだって、ここにたどり着くだけでも何か月もかかってるんだよ」

英国の海運業とインド洋における制海権に打撃を与えるための戦略的な布石として、港がここに置かれたのだと説明しても、テメレアは引きさがらなかった。「ぼくにはわからないよ。世界じゅうの海を支配できないからって、なんで一介《いっかい》の小国が不平を言うんだろう？　地球の真裏にある海まで欲しがってさ。そもそも、海をはさんですぐ向こうにはジャワ島があって、そこにはオランダ人や中国人がいるんじゃなかったっけ？　ウィロビーはどうしてそっちに行って『おまえのとこの港をよこせ』って言わないのかな」

「言うでしょう」サルカイが言った。「ですが、あちらは最新式の大砲と軍艦に守られているので、そういう要求をする際の代価が跳ねあがるのです」

グランビーが心意気を見せて、最後の努力をした。彼はふたたびカエサルに乗ってフリゲート艦まで飛び、ウィロビーに異議を申し立てた。だが、ウィロビーは聞いているような顔をするだけで、本気で耳を傾けてはいなかった。

グランビーが話し終えると、ウィロビーはうなずいてから言った。「ふむ、話はそれで終わりかね？　では、キャプテン・グランビー、そしてキャプテン・ランキン、きみたちに命令する。ドラゴンとほかの人員を残らず連れて、港から離れたまえ。港の確保にきみたちの助力など必要ない。きみたちがあえてそう望むなら、この件に関わる必要はない――わたしは喜んで」と、冷たく言い足した。「きみたちの言い訳を英国政府に報告しよう。任務の遂行のじゃまさえしないでくれれば、あとはわれわれだけで片づける」

「じゃあ、あいつは港をめちゃくちゃにする気なんだね」テメレアは言った。「あんなに親切にしてくれたジア・ジェンを殺してしまうかもしれない、それにララキア族も。ものすごく、途方もなく、ぼくらは彼らから厚意を受けたっていうのに……。ふん！　ウィロビーってやつは、なんて浅ましい虫けらなんだ。ご同類のランキンがお気に入りなのも不思議はないや」

ローレンスが苦しげに言った。「わが国がどんな立場をとっているのか、あるいはとりそうなのか、情報も乏しいままで彼らのもてなしを受けてしまったのは、わたしたちの落ち度かもしれない。英国政府が、この件をめぐって戦争に踏みきることまで推測できなくとも、反感をいだきそうなことくらい、わかっていてもよかった。政府はここで中国に教訓を叩きこめば、似たようなことをしなくなると考えているのかもしれない」

そのあとは、テメレアを見あげてつづけた。「このやり方に賛成だと言っているわけじゃないんだ、愛しいテメレア。まったく賛成していない。ウィロビーという男は、まだ敵でもない外国勢力に対して非礼をはたらくような権限を委《ゆだ》ねるには、もっともふさわしくない人柄だと思う。だが、実際にそういう権限を委ねられ、公然と軍事行動をとろうとしている。それでも、敵には降伏条件が示されているし、中国側が降伏した場合、ウィロビーが助命嘆願を退けるとはまず思えない。威嚇の砲撃が一発ですむことを願おう。それによって、ジア・ジェンが交戦を長引かせるべきではないと判断するように。

きみの慰めになるかどうかわからないが、こんなふうに考えてはどうだろう。わたしたちはどのみち、いまごろはもうここを離れているはずだった。自分たちがいなくなったあとに起きたことをまったく知らないまま、シドニーへの帰路についていたかもしれない」

「でも、ぼくたちはまだここを離れていないんだから、起きたことを知っちゃったんだから、そんなのはぜんぜん慰めにならないよ」

ローレンスが荷物をまとめるために立ち去っても、テメレアはまだじっと考えていた。ローレンスのために、そしてグランビーのためにも、事態をこれ以上紛糾《ふんきゅう》させるわけにはいかない。けれど、英国政府が荒っぽいやり方を望んでいるからといって、ウィロビーのような男にドラゴン舎を破壊させるのは、ひどく間違ったことではないだろうか。だいたい、政府は自分をこの地に追いやり、もはや軍務にも就かせたくないのだから、自分が政府になんらかの義務を負っているとは思えない。対してジア・ジェンは、下にも置かぬもてなしをしてくれたのだ。

どうしたらいいのかよくわからなかったが、ほかの者たちが出発の準備をしているあいだ、ドラゴン舎の裏手にそっと回って、軽く咳払いをしたあと、息を深く吸いこもうとしてみた。〝神の風《ディヴァインズ・ウィンド》〟を成功させるには、しっかりと息を吸いこむ必要があった。

たまたま旅荷を手に通りかかった竜医のドーセットが、それを見て顔をしかめた。

テメレアが遠回しな言い方で尋ねると、ドーセットは非難がましく言った。「なんであれ、喉を酷使するのは勧めない。まだ本調子じゃないのに。そもそもきみは、言われたとおり口を閉じていなかったからな」

テメレアは、旅のあいだはずっと静かにしていたのに、そんな言い方はないじゃないかと思った。一日にたった……六回か七回くらいしかしゃべらなかったのに……。ただし、特別な場合とか、なにかを説明する必要があるときとか、ローレンスやほかのクルーに話したくなるようなおもしろいものを見たときとか、針路について相談するときにも、声を出してしまったけれど……。喉にはもうそんなに不快感はなかったし、話すときも痛くない。晩餐会でこんがり焼きあげたマグロ二尾の背骨を噛み砕くのも難儀ではなく、喉も疼《うず》かなかった。

それに、なにか有効な手を打つなら、ぜったいに〝神の風〟は欠かせない。艦をかぎ爪で引っ張るにしても、二隻いっぺんに遠ざけるのは無理だ。もちろん、英国艦や少なくとも水兵たちに必要以上のいやがらせをするつもりはないが、波を起こして、その力で二隻の艦をうんと沖合まで、港に大砲の弾が届かない距離まで押しやるというのはどうだろう。あるいは、高波で艦を持ちあげてやれば、砲撃をやめるかもしれない。

リエンが〈シューベリネスの戦い〉で英国艦隊の戦列艦十五隻を沈めたとき、あの途方もない巨大な波がどのようにつくられたのか、それを解き明かそうと、長い船旅のあいだに少しずつ試してみたが、たいした成果は得られていない。

おぼろげながら理解しているのは――リエンが小さな波をつぎつぎにつくっては送り出し、最後に大波を勢いよく走らせて、先行する小波をすべて呑みこませて巨大な波をつくったということだ。テメレアも四つか五つの小波を合わせ、なんとか大きめの波をひとつつくるやり方は覚えた。この方法で高さが十フィートくらいの、せめて一隻のフリゲート艦を一、二分間揺さぶりつづけるぐらいの大波をつくり出せないものだろうか。

以前、フランスのフリゲート艦、ヴァレリー号に用いたやり方も、つまり〝神の風〟をじかに艦体に当てる方法も考えてみた。しかし、沖の二隻の英国艦は帆を巻きあげ、錨をおろし、強靱《きょうじん》な大木のように安定していて、〝神の風〟でも沖へ押しやれる気がしない。

テメレアはその夜、意を決して翼を広げ、新たな野営地から飛び立った。一行は、交易所とは湾をはさんで反対側の、風雨をさえぎるものがない砂浜に移動をすませていた。港近くの閑散としたドラゴン舎には、小さなサランカだけが残された。テメレアは湾の外に出ると、ふたたび根気強く練習をはじめ、ひとつひとつの波をどれくらいの速さで走らせればよいかを見きわめようとした。

「そこがむずかしいところでね」テメレアはクルンギルに言いながら、地面にかぎ爪で計算式を書いた。ペルシティアがいたら暗算で答えてくれるのに、いないのが残念でならない。テメレアはつぎのうねりを起こす前にどれくらい息を吸ったらいいかを計算で導き出そうとしていた。「波と波の間隔を全部同じにできないんだよ。あいだが空きすぎた箇所ができると、あとから大波を走らせても、そこを通ってつぎの波にたどり着くころには大波が崩れかけている。崩れかけた波が前方の波にかぶさったところで、なんの効果も生まれないんだ」

クルンギルは、その朝どうにか自力で捕獲したヒクイドリの生肉をむさぼっていた。ララキア族の狩人からの現物支給がなくなり、ふたたび食糧調達が必要になったが、地元の狩人たちが——獲物を持ちこみこそしないが——狩り場に関する確かな情報を与えてくれた。

クルンギルは肉をもうひとかじりしてから、甲高い声で言った。「でもさ、大きい波をつくるのにそんなに時間がかかっていいの? 艦《ふね》を沈めるつもりがないなら、あっちは波がおさまるのを待ってから大砲を撃てばいいだけの話じゃないかなあ」

「うむむ」テメレアはうなった。それは確かにそうだが、最低限でも向こうの出鼻をくじくことはできるし、混乱を招く効果もあるだろう。「いずれにしても、風に逆らって艦をもとの位置に戻す時間が必要になる。つまり、追い風が吹かなければばってことだけど、吹くはずないからね」

「なに書いてるの？」夕食の獲物をかかえており立ったイスキエルカが訝しげに尋ね、数字に視線を走らせた。イスキエルカには数学の素養が皆無なのだが、テメレアは用心のために、しっぽの先で図表をこすって消した。

「きみには関係ないよ」そっけない口調で返した。こういう状況で、イスキエルカに打ち明けるつもりはなかった。少しばかり警戒が必要だ。おおよそイスキエルカはまともな意見を言わないし、グランビーはいまも航空隊所属なのだから、自分とイスキエルカの利害は完全には一致しないかもしれない。

ローレンスとのあいだでも、〝神の風〟に関する話題は避けていた。もう少し練習をして巨大波を起こせるようになってから、この件について話し合ったほうがいいだろうと、テメレアは考えていた。結局、それができないかぎり、話しても意味がない。大波がつくれるようになって、それをローレンスの前で実演してみせれば、大いに安心し、喜んでくれるだろう。ローレンスがその技法について直接なにか言うことはなかったが、試してみてはどうかと励ましてくれたし、この先同じような攻撃を受けたときにどうやって打破すればいいかを検討してほしいとも頼まれていた。それにもし、英国艦からも見える場所で実演すれば、ウィロビーを戦慄《せんりつ》させて、〝神の風〟を実際に用いる必要さえなくなるかもしれない。

ほかに打つ手があるかとか、ローレンスならどんな案を出すだろうかとか、そういうことはまだ考えていなかった。そんなことを考えるのは、時間の無駄でしかないような気がした。くよくよ考えるのは、巨大波を起こす方法を習得するという、困難きわまりない試練をただ避けたいためかもしれない。それに、無駄にできるほどの時間はもう残されていない。二隻の英国艦は、今夜の満潮を待っている。潮が満ちると同時に、港湾内に入りこみ、最悪の行動に出ることだろう。

「食糧をさがしにいってくるよ」テメレアは周囲にそう告げて、もう一度、試行錯誤をするために沖まで飛んだ。食糧をさがしにいくと言ったのは、あながち嘘ではなかった。海面に〝神の風〟を吹きつけると、あたり一帯の魚が即死かそれに近い状態で浮かびあがってきた。あとは回収するだけでいい。最初の試みだけで相当な量の魚を浮かせて腹におさめ、大海蛇たちが喜んでおこぼれにあずかった。大海蛇たちは遠くの水面に頭をのぞかせ、遠慮がちに距離を置きながらも、もっとくれないものかと期待するように、テメレアのほうに視線を向けていた。

今回は、波と波の間隔をそろえることに成功した。小波をつぎつぎに送り出し、最後に大きく咆吼して大波を追走させた。喉に鈍い痛みを覚えたので、すぐに咆吼を止めたが、軽く咳きこんだ。ところが、ふふん！　なんと！　海面からいきなり、ガラス質の輝きを放つ海水の小山がせりあがってきた。それが大きなうねりとなって、小波をひとつひとつ呑みこみながら、急速にテメレアから遠ざかっていく。

波は、遠ざかるにつれて高さを増し、ついには船の中檣《トップマスト》ほどもある、高さ三十フィートは確実な、薄緑色に輝く巨大波と化した。テメレアがうれしさのあまり上空を何度か旋回するあいだも、大波はそのまま走りつづけ、半マイル先の暗礁《あんしょう》にぶつかり、片舷《かたげん》に並ぶ大砲が一斉に火を噴いたかのような轟音《ごうおん》をあげて、泡立ちながら崩れ落ちた。

ぐずぐずしている暇はない。海面に激しく湧き起こる白い泡が、夕日に淡く染まっている。テメレアは全速力で海岸に戻り、テントの横に舞いおりながら呼びかけた。

「ローレンス！　ローレンス！　いっしょに見にきて！」

ローレンスが書きかけの手紙から顔をあげた。今回やってきた英国艦に託して本国まで運ばれる手紙で、内容はディメーンのことらしかった。しかしテメレアとしては、なぜいまさら航空隊のキャプテンになりたがるのか、ディメーンの気が知れないと思っていた。ローレンスを放逐《ほうちく》するのだから、航空隊の判断など信頼できないのは明らかだ。中国の皇帝はローレンスを高く評価しているし、母親のロン・ティエン・チエンもそうだ。自慢が過ぎると思われそうで言わなかったが、チエンからの手紙にはローレンスについて、あなたはとても将来性のある〝守《も》り人《びと》〟を選んだと思う、と書いてあった。

「ローレンス、ぼくといっしょに来てくれないかな」テメレアは言った。「あなたに見せたいものがあるんだ」

ローレンスは潮が満ちてきた浜に目をやり、「すぐに搭乗ハーネスを取ってこよう」と言った。そして、グランビーに手短に事情を話し、身をよじらせながら革のストラップを装着した。

「愛しいテメレア、きみはこの状況にひどく胸を痛めているにちがいない」ローレンスが話しかけているあいだも、テメレアは全力で羽ばたいた。ただし、今回はそう遠くまで飛ばず、港湾から視界に入るところを目指した。「わたしはきみに耐えろとは言いたくない。いま侮辱的な行為を受けようとしている国は——正確にはきみの生まれ故郷ではないが、きみの原点であり、きみが心から大切に思う国であるにちがいない。わたしがこれ以上ないほど不本意だということを、どうか信じてくれ」

「ローレンス、本音では、とってもいやなんでしょう?」テメレアは言った。「あなたは、ぼくらをもてなしてくれた人たちをウィロビーが痛めつけてもいいなんて思ってない――あなたは同意してない」

「そうだ」ローレンスが言った。「だが、とりわけ戦時や、国と国の関係においては、同意できることなど、ほとんどないのだと思う。わが英国のニューサウスウェールズ植民地は公然とこの大陸にある。中国がその存在を知らないわけがない。わが国がインド洋貿易に有する権益についても同じだ。シドニーに密輸品を送っているのだから、植民地の存在について知らぬ存ぜぬですむはずがないだろう。キャプテン・クックが領有を宣言した境界ぎりぎりのところという、きわめて戦略的な土地に自国の交易所を設けることは、挑発的な行為だと言えなくもない」

「でもだからと言って、あの港を破壊する理由にはならないよ。ぼくらの友人を殺す理由にもならない。ぼくはキャプテン・クックになにかを主張する権利があったとは思わないけど、たとえそれを認めたとしても、クックはここの領有権までは主張しなかった。だったら、ここに港をつくるのを敵対行為と見なすのはおかしな話だよ」

一気にそう言ってから、「だけど」と、テメレアは空中停止《ホバリング》しながら言い足した。「議論したいわけじゃないんだ、ローレンス。あなたに見せたいものがある」

ローレンスが、しばらく沈黙したのちに言った。「もっと遠くまで飛ばないか」

「ええと、できれば、ウィロビーからも見えると効果があるかと思ったんだけど……」

テメレアが振り返ると、二隻の英国艦が帆をあげたところだった。艦首を港に向け、風を受けて白い帆を大きくふくらませている。砲門から突き出す砲身が、怪物の黒い舌のように見える。

「まだ満潮じゃないのに」テメレアが抗議の声をあげた。

ローレンスが片手をテメレアの脇腹においた。「愛しいテメレア、お願いだから遠くへ行こう。きみは見ないほうがいい」

「実を言うとね」と、テメレアは言った。「成功したんだよ。リエンのような波を起こすこつをやっとつかんで――」背中でローレンスが凍《こお》りつくのを感じた。

「ちがう！　ちがうんだ、ローレンス。そんなつもりじゃ……そんなこと、もちろん考えてないよ」という言葉も、恐ろしいまでの沈黙に吸いこまれていった。「でも、あいつらがあれを目にすれば……それだけで、あきらめるんじゃないかと思って」

しばらく押し黙っていたローレンスが、ようやく口を開いて言った。「脅しが脅しだけで終わることはごくまれだ。とにかく、だめだ。わたしは、英国海軍に対するそのような脅しに加担するつもりはない。国王陛下の軍人が任務を遂行することや、命令を果たすことを妨害するのは、その手段が暴力であれ脅迫であれ、どちらも言語道断の犯罪だ。とにかく、だめだ。わたしはすでに反逆罪を犯したが、あれは国家を超越した動機からであって、私情にもとづく卑しい行いではなかった。どうかわたしのためにやめてくれ」

ローレンスから決然とした態度で厳しく言われ、テメレアは身を震わせた。そんなふうには考えてはいなかった。「まさか、反逆罪になるとは思えないよ」テメレアは言った。「ただ見せつけるだけなのに？」しかし、そう言いながらも、抗う言葉が舌の上でしぼんでいった。もちろん、わかっていたのだ。わかっていたからこそ、ローレンスに話していなかった。

テメレアは悲しみのあまり、宙で丸く小さく体を縮こめた。「ああ、ほんとうにごめんなさい、ローレンス。ぼくを許して。あんなにひどいことがいろいろあったあとで、あなたをまた巻きこもうなんて、ありえないよね——ドラゴン舎ひとつを守るためだけに」そのとき、ローレンスの片手が首に触れるのに気づき、心から安堵した。そして、なんとか釈明しようと付け加えた。「ぼくは、やさしくしてくれた友だちが痛めつけられるのを見ているしかないっていうのが、どうにも納得できないんだ――だって、政府からは、ほんとうにいろんなものを取りあげられたんだよ」

「その論で行くと、賄賂で忠誠を買えることになる」ローレンスが言った。「国家への反逆さえ大目に見ようというほど、あの豪華な長衣がきみの心をつかむと知っていたら、きみがどんなに悲しもうが、わたしはすぐにあれを焼いていただろう。それに――」と、憤りのこもった声でつづけた。「ジア・ジェンは、きみにあれほど贅沢な贈り物をすることの効果をよくわかっていたんじゃないだろうか。だんだんそんなふうに思えてきた」

「長衣だけが理由じゃないよ」テメレアは弱々しく反論したが、ローレンスが長衣の贈り物をそこまでおぞましく感じていることに、ひどく取り乱した。「それに、あなたにはひどいことをしてほしくないんだ。もちろん、ぼくはあの人たちに好意をいだかずにいられないし、政府はいつだってくだらないことばかりする。でもそれはあの人たちの責任じゃないし、長衣が悪いわけでもないよ」

テメレアは悲嘆に暮れながら、ドラゴン舎を振り返った。小型で小回りのきくオッター号が、すでに舷側を港に向けている。それを見つめるあいだに、砲音が海を渡ってとどろき、ぎくりとした。砲身に仰角をつけていたので、砲弾はいったん高くあがったのち、ドラゴン舎の屋根の優美に反り返った角に落ち、手の込んだ龍《りゅう》の彫刻を一瞬でなぎ倒し、瓦《かわら》を粉々に砕いて屋根を突き破った。遠くからでも木材の壊れる音が悲鳴のように聞こえた。木っ端《こっぱ》交じりの白煙が噴きあがり、屋根の裂け目に向かって赤い瓦が音をたてて崩れ落ちる。屋根の上品な外観にはひどく不釣り合いな、ぎざぎざの黒い穴がぽっかりとあいた。

「ああ！」テメレアは嘆きの声をあげた。「ローレンス、見て！　もしあの下に誰かいたら――」

テメレアは急いで岸に近づいた。もちろん手を出すつもりはなかった。この状況で手を出してはいけないとわかっていたが、近づかずにはいられなかった。

「テメレア――」ローレンスがなにか言おうとした。

「ちがうよ、もちろんやらないよ」テメレアの声に絶望がにじんだ。「飛んでる砲弾を払い落とすなんて無理だよね？」それとも〝神の風〟を使えばできるのだろうか……。

　ローレンスの答えは、それがなんだったにせよ、テメレアにはまったく届かなかった。いきなり世界がぐるりと回転し、けたたましい音と咆吼が耳をつんざき、海のうねりのなかに真っ逆さまに突き落とされた。白く泡立つ緑の海水に囲まれ、鼻や喉をふさがれる。必死にもがいて体勢を立て直し、脇腹をふくらませて水面に飛び出すと、何度も咳きこんだ。

「ローレンス！」むせながらも、慌てて首を後ろにねじった――ローレンスは振り落とされていなかった。全身ずぶ濡れになり、片方のブーツをなくしたが、搭乗ハーネスでぶら下がり、体をもとの位置に引きあげようとしている。

「いいざま！」イスキエルカが上空を行ったり来たりしながら、テメレアを見おろして言った。「きみの陰謀もこれでおしまい。自分が賢いと勘違いしちゃってさ。わからないとでも思ってた？　こそ泥みたいに立ちまわっても、あの艦になにかするつもりだったことは、ばればれだよ」

「ちがうんだったら！」テメレアは憤然《ふんぜん》として、上空のイスキエルカに怒鳴《どな》った。あんなのは意地の悪いでたらめだ。艦に手出しをする気はなかったのに。「どう見たって、きみのほうこそ、こそ泥じゃないか。いきなり上から体当たりを食らわせるなんて」

「好きなだけ悪態ついてりゃいいわ」イスキエルカが言った。「自業自得《じごうじとく》よ。もうこれ以上、グランビーの軍務のじゃまはさせない。グランビーはゆくゆくは空将になって、貴族の仲間入りをする人なんだから。エミリーの母さんみたいにね」

「おい、黙るんだ。どうしようもないわがまま娘だな」グランビーがメガホンを使って叫んだ。「ローレンス、だいじょうぶですか？」イスキエルカのやつ、テメレアがなにかやるつもりだと言ってきかなくて——」

激しく咳きこんでいたローレンスが、なんとか声を出して無事を伝えた。「水中に突っこむのは一度経験ずみだ——まったく問題ない」

「テメレアは、ほんとになにかするつもりだったんだから」イスキエルカが言った。「口ではなんと言おうがね。あたしがテメレアを止めたってこと、あの艦長がイングランドに引きあげるときに教えてあげて。きっと、聞いたら、みんなで喜ぶに決まってる」最後は自己満足に浸りきって付け加えた。

「ふふん！」と、テメレアが返した。「もしほんとうにぼくがなにかやるつもりだったら、きみに止められるはずがないさ」深く息を吸いこんで翼を広げ、強く羽ばたいた。脇腹を最大限にふくらませた状態で、水泳のあとに海中からアリージャンス号に戻るときのように、しっぽと後ろ半身で激しく水を打ちすえ、なんとか宙に戻ることができた。

ローレンスの制止には耳を貸さず、テメレアはイスキエルカに厳しいお仕置きをしてやろうと突進した。が、突然の発砲音が聞こえ、艦のほうに注意を戻した。今度は大砲ではなく、パラパラとライフルの銃声がする。

サランカが、腹に吊したネットに男をふたり乗せてドラゴン舎から飛び立ち、英国艦に接近していた。男たちは液体のしたたる巨大な袋を手にしており、その袋の中身がまずはオッター号に、次いでニリーデ号にぶちまけられると、すさまじい臭気が距離を隔てたテメレアのところまで漂ってきた。

それは、腐りかけの魚と腐りきった海藻を混ぜ合わせた、タールのように真っ黒などろどろの液体だった。サランカがライフル銃の射程を避けて高度を保っていたので、狙いがはずれて海に落ちたものを除けば、黒い液体は艦の真上からまんべんなく、帆と檣楼《しょうろう》にのぼっていた不運な水兵たちに降り注いだ。一発の砲撃への報いとしては相応だとしても、これからはじまる猛攻に威力があるのかどうかはよくわからない。艦首追撃砲や艦尾甲板のカロネード砲には多少飛び散ったものの、一層下にある砲列甲板はまったく汚されていない。

港の鐘が鳴り響き、サランカが岸に向かって急いだ。黒く汚れた海水がそこかしこで激しく波立ち、波のうねりのなかから大海蛇がつぎつぎに姿をあらわした。大海蛇たちは長い首をべとついた帆に向かってぐっと突き出し、舷側から甲板に這いあがろうとした。

大海蛇たちは驚くべき速さで動いた——ずっしりした巨体が先を争って二隻の英国艦に這いあがり、甲板上で陣地のぶんどり合戦を開始した。彼らにとってのごちそうを捕まえようと押し合いへし合いになり、大海蛇たちの重みで艦がバランスを失って激しい縦揺れと横揺れを繰り返した。黒い粘液にまみれて索具《さくぐ》にしがみついていた不運な水兵たちが真っ先に餌食となり、帆綱をつたって必死に逃げようとするところを格別の珍味のようにかっさらわれた。

大海蛇たちは大きな口をあけて支索《ステイ》や横静索《シュラウド》に襲いかかり、咬みちぎり、檣《マスト》がぐらぐら揺れて倒れていった。その際、黒い汚液が甲板にいた者たちにさらに降りかかり、今度はそちらに大海蛇たちの注意を引きつけてしまった。

比較的小さな大海蛇が一頭、ニリーデ号の甲板によじのぼり、長い尾を舷側から垂らしたまま甲板の水兵を捕まえようとしていたが、勢いあまって艦首から下におりる梯子《はしご》の開口部に頭を突っこんで抜けなくなった。すぐに斧《おの》が持ち出された。大砲が火を噴くなか、テメレアとイスキエルカが艦に接近した。ローレンスは竜の背から、長身の男が大海蛇の頭のすぐ下の急所めがけて斧を振りおろす光景を目撃した。

斧のふた振り目で、脊髄《せきずい》が切断された。大海蛇の体が激しく痙攣《けいれん》し、頭がちぎれ、どす黒い血が勢いよく甲板に広がった。血は、白塗りの手すりを赤黒く染めて舷側から流れ落ち、血の臭いと、魚と海藻の腐敗臭とが混じり合った。

テメレアが急降下し、一頭の肩をつかんで艦から引き離しにかかった。大海蛇はのたうち、首を後ろにねじり、口をかっとあけて、テメレアに咬みつこうとした。長い体がもがき、幾重《いくえ》にもねじれ、小さな前足が空《くう》を掻いた。

ローレンスはテメレアの肩越しに、大海蛇の開いた口と喉の奥を間近に見おろした。食道の粘膜に必死にしがみつく青白い片手、血まみれだがまだ意識を失っていない人間の顔。男は恐怖の極みにある眼《まなこ》でローレンスをじっと見あげたが、大海蛇の激しくのたくる動きに降り落とされ、胃袋の奈落《ならく》へと消えていった。

水から上がった大海蛇の体はけたはずれに重く、しかもかぎ爪を猛烈に振りまわすので、テメレアの手に余った。「とてもかかえていられない……」テメレアはあえぎつつ、なんとか大海蛇たちを艦から遠ざけようと奮闘した。

イスキエルカが「よけて!」と叫んで急降下し、大海蛇の長く垂れさがった体に火を噴いた。表皮とうろこがちりちりと焼け焦げる不快な臭気が立ちのぼった。鋭い悲鳴をあげながら宙で堅いとぐろを巻いた大海蛇を、テメレアはようやく海に放り出した。

「もっとやっちゃおう!」イスキエルカが得意になって言ったが、そこにサランカが勢いよく飛んできて、腐った魚の汁をふたたび、大混乱に陥ったニリーデ号の甲板にぶちまけた。射撃手が総崩れになっていたので、汚液の袋は前回よりも近くから投下され、みごと命中し、さらなる大海蛇たちが狂喜して海中から躍《おど》り出てくることになった。

何十頭という大海蛇が、咬みちぎり、引き裂き、凶暴のかぎりを尽くしていた。そこには仲間との連携などなく、猛々《たけだけ》しい衝動だけが荒れ狂い、同類と餌の区別もついていなかった。斧や斬りこみ刀《カトラス》で襲われた大海蛇が、同じように傷を負った仲間に牙《きば》を向け、かぎ爪を振るい、索具に歯を立て、汚液で滑る砲身にまで咬みつこうとした。

そして大砲が一門、駐退索《ちゅうたいさく》を切られて砲座から飛び出し、障害物をなぎ倒しながら甲板を転がったあげく、舷側の手すりを突き破って、人間六人と大海蛇一頭を道連れにして落下した。甲板が大海蛇の血でぬめぬめとした光沢を帯び、砲音がとどろいた。何発かの砲弾が大海蛇の肉に食いこみ、海中へと突き落とした。

しかし、海中からはきりもなく大海蛇があらわれた。すでに負傷した大海蛇も逆上するばかりで、やみくもにかぎ爪を振りまわし、自分に怪我を負わせた相手に猛烈な怒りを向けた。そしてとうとう、ひときわ巨体の大海蛇が、この艦そのものが狙うべき餌食であると悟ったように、海中から首を伸ばすと、とてつもなく大きな頭部を反対側の舷側まで移動させ、海中に落とし、艦の底をひとめぐりさせてふたたび海面に出し……長い体で艦をぐるぐる巻きにしはじめた。

ローレンスはかつて、大海蛇に同じ目に遭わされたことがある。ただし、そのときのアリージャンス号は、不運なニリーデ号よりも喫水《きっすい》が二倍ほども深く、必死の奮闘の末にからくも難をまぬがれることができた。「あいつを止めるんだ！　あの大きなやつを！」ローレンスが大声でテメレアに伝えると、テメレアは急降下し、ずるずると動きつづける長い体をかぎ爪でがっちりとつかんだ。その背には硬く尖った鋭利なひれが一面について、脊椎《せきつい》を守っている。

テメレアが懸命に羽ばたきながら大海蛇をぐいぐいと引っ張り、あと少しで艦から剝がせそうになったとき、頭上で檣《マスト》がぐらりと揺らいでテメレアたちのほうに傾き、その帆からテメレアの背や翼に汚液が飛び散った。ローレンスは一瞬、目が見えなくなった。目もとをぬぐって視界を取り戻すと、のこぎりのような歯を持つ巨大なピンク色の顎が、ヤツメウナギのように全開になって、迫ってくるところだった。餌食を求める獰猛《どうもう》なオレンジ色の眼が、まばたきもせずにこちらをにらんでいた。

ピストルは水に浸かって使いものにならなかったので、ローレンスは剣を抜き、迫ってくる下顎にかろうじて振りおろし、敵の口もとに紫がかった深手を負わせ、ひるませた。そのわずかな隙を逃さず、テメレアが大海蛇に咬みついた。敵は首をさっとめぐらし、テメレアの翼に咬みついた。翼の関節を顎でとらえて頭を激しく振り、翼の強靭な膜を牙で貫こうとした。

テメレアが吼えかかり、〝神の風《ディヴァインズ・ウィンド》〟のすさまじい轟音が、耳が痛むほどに響きわたった。大海蛇はテメレアを放し、高くけたたましい叫びをあげて海中に沈んでいった。

しかし、これで終わりではなく、さらに何頭かが海面から跳びかかってきた。見おろせば、新たな巨体の大海蛇がニリーデ号を締めあげ、痛めつけている。巻きつけられた体の下で左舷の手すりが音をたててマッチ棒のように折れ、一瞬ののちに右舷の手すりも失われた。テメレアがつかみかかったものの、大海蛇の巨体はかぎ爪から滑り、支えを失って甲板にどさりと落ちた。

テメレアがふたたび跳びかかり、つかみ直すと、甲板でつぎつぎに人を襲っていた四頭が一斉に頭をもたげた。そのうちの一頭が頭を後ろにのけぞらせ、新たな犠牲者をごくりと呑みこんだ。

テメレアが身をよじり、首を伸ばして迫ってくる四頭をかわした。ローレンスはどうにかピストルの火薬を詰め直し、一頭の片目を狙って引き金を引いた。目玉をどす黒い血で濁らせ、敵は絶叫とともに退散した。

それでもまだ四方八方から新たな大海蛇が襲ってくるので、テメレアは羽ばたいて逃げ出すほかなかった。これでは艦に巻きついている大海蛇をつかみ直すことができない。どうにかかぎ爪を伸ばし、甲板にいる水兵をひっつかむと、身をよじって背中のローレンスに渡した。おそらくは十四歳くらいの海尉候補生で、髪も顔も黒い粘液まみれだった。

「キャプテン、あなたとドラゴンに神のご加護を！」少年は恐怖に打たれながらも条件反射的な礼儀正しさで言うと、ローレンスの搭乗ベルトを見やり、手を震わせながら自分も同じようにベルトを搭乗ハーネスのリングに装着し、両腕をストラップに通してしっかりつかまった。テメレアはそれを見とどけ、ふたたび攻撃を試みた。

今度は、舷側に覆いかぶさった大海蛇の体の下のほうを狙い、ほかの大海蛇たちが身をくねらせて押し寄せてくる隙《すき》を突いて、かぎ爪をふたたび相手の体に食いこませた。今回は海とも闘わなくてはならなかった。テメレアが大海蛇を空中に引きあげようとしても、しっぽや翼端が大波に打たれて体がねじれ、かぎ爪がはずれてしまう。深みからいきなり浮上した新たな大海蛇が、甲板をがっちりとつかむと、傾いた艦のあちこちがみしみしと鳴った。

転覆しかかったニリーデ号の海面に近い片側の舷側から、大海蛇たちがなおも群がって甲板に這いあがろうとし、船体をさらに傾かせた。艦内から大声のやりとりが聞こえ、大砲がいまにも火を噴こうとする。が、その寸前、艦に巻きついている大海蛇がいきなり締めつけをきつくした。甲板の外板が砕けはじめ、海水が甲板の裂け目にどっと流れこんだ。

ニリーデ号が沈みはじめ、ローレンスは藁《わら》にもすがる思いであたりを見まわした。イスキエルカがオッター号の錨をつかみ、大海蛇が追ってこられないような岸辺に向かって曳《ひ》き、浅瀬にわざと乗りあげさせようとしていた。まだオッター号にしがみついている大海蛇たちから逃れようと、乗組員がつぎつぎに舷側から飛びおり、一方で、カエサルとクルンギルが大海蛇の引き剝がしにとりかかっている。サランカまでカエサルたちを手伝いはじめ、乗組員たちを海から救い出し、すぐに岸まで運んだ。ララキア族の人々も、足もとのおぼつかない生存者たちの退避に手を貸していた。

これしか打つ手はない。ローレンスは声を張りあげた。「テメレア！ ニリーデ号を浅瀬まで曳くか押すかできるか？」ニリーデ号に巻きついている大海蛇が、おぞましい持ち手として、思わぬかたちで役立った。クルンギルが急降下して加勢し、長いかぎ爪を大海蛇の肉に深く食いこませた。テメレアとクルンギルとで引っ張るあいだも、ニリーデ号のあちこちが折れ、砕け、破壊が進んでいった。

もはや甲板上に人影はほとんどなかった。略奪のかぎりを尽くされて傾《かし》いだ甲板に、波が当たって砕け、汚物を洗い流した。艦は刻々と没していたが、テメレアたちも着実に岸へと近づけ、海が浅くなるにつれて、猛《たけ》り狂っていた大海蛇も鎮まり、一頭また一頭と離れていった。

ローレンスは、一頭の巨大な大海蛇が海面からこちらをじっと見あげるまなざしに、冷静な思案を見たような気がして悪い予感を覚えたが、その大海蛇もほどなくニリーデ号から離れ、海のなかへするすると消えていった。

テメレアたちは、ついにニリーデ号をオッター号の近くの小さなサンゴ礁に引きあげた。巻きついたまま死んでいる大海蛇の血でぬるぬるする骸《むくろ》が、テメレアのかぎ爪と尖ったサンゴによって刻まれ、切り離され、ようやく艦から取り除かれた。

ディメーンが搭乗ハーネスを装着したまま、早くも昇降口《ハッチ》から出てきた乗組員たちの救出をはじめ、助かった者たちがクルンギルの背中に這いあがるのに手を貸した。

そのあいだクルンギルは艦にしがみつき、両脇腹をぱんぱんにふくらませて、艦の浮力を保つことでディメーンに協力した。

ニリーデ号に修復できる望みはなかった。竜骨《キール》にひびが入り、いたるところで木材の継ぎ目が大きくたわんでいた。すでに夕闇が迫っている。ローレンスはディメーンを岸に帰し、テメレアが空中停止《ホバリング》しながら、まだ救助できる者を回収した。

ウィロビー艦長が片目に繃帯《ほうたい》をあて、片脚の膝から下を失った姿でテメレアに引き渡され、そのあとに船医がつづいた。砲手たちもすすまみれで這い出てきた。救助された者たちは竜ハーネスの適当な箇所にそれぞれつかまるしかなかったので、テメレアはゆっくりと飛んで慎重に岸におりた。しかし何人かが岸辺近くで手を離してしまい、寄せる波の上に落下した。誰もが水中からのろのろとしか身を起こせず、砂浜までのわずかな距離を這いずっていった。

テメレアたちは海と陸のあいだを二度、三度と往復し、海上に浮かんでいる乗組員を救出した。ドラゴン舎の向こうに沈もうとする夕日が、つややかな瓦屋根の上で赤々と輝いていた。海のあちこちで、大海蛇の死骸《しがい》が波をかぶりながら浮き沈みしていた。テメレアは救出作業を終えると、砂浜に体を投げ出し、がっくりとうなだれた。

ララキア族の人々がすべてを見守っていた。溺れかけた生存者の運搬を手伝っていた若者たちも、いまは引きあげて、ふたたび槍を手に岸辺でゆるく輪になっている。

若者の多くは黙ったまま警戒を解いておらず、そこにほかのララキア族の人々も加わった。中国人の若者も数人、剣を手に集まってきたが、そのぎこちない握り方から、剣に不慣れなことがうかがえた。ここには軍人がひとりもいなかったのだ。

「ミスタ・ブリンカン」ランキンがカエサルの首から声をかけた。「ここで態勢を立て直してくれたまえ。カエサル、準備を」カエサルが体を起こして尻ずわりになり、精いっぱい堂々として見えるように赤い縞模様の胸を突き出した。

飛行士たちが、なにかに備えて戦列をつくるように固まりはじめた。ローレンスはテメレアの首から滑りおり、柔らかな鼻先に手を当てた。呼吸が苦しげになっているのは、〝神の風〟を使いすぎて、また症状が悪化したからにちがいない。一行の備品はすべて、湾のずっと先の野営地に置いたままだった。

「ローランド」ローレンスは、エミリー・ローランドに小声でささやいた。「ディメーンに伝言を頼む。もしかしたら戦いになるかもしれない。野営地に戻って弾薬と、銃が残っていたらそれも取ってくるように」

エミリーがうなずいて、クルンギルの背中にいるディメーンに合流した。クルンギルは疲れているにもかかわらず、ドラゴンたちのなかでいちばんしゃんとして、空腹に目をらんらんと輝かせていた。ララキア族の男たちが何人か狩りから戻り、部族の人々が集まった後方で二頭の小さなカンガルーを串焼きにしていた。クルンギルはそれに全神経を集中させていた。

水兵たちは砂浜にぐったりと横たわっていた。誰もが英国艦の破壊と、戦闘と呼べるのかどうかもわからない恐怖の体験によって、ドラゴンたち以上に消耗し、疲労困憊していた。原始の力との格闘と言うべきなのか、その恐ろしい力はあまりにも不用意に呼び覚まされ、血への渇望《かつぼう》が満たされると、たちまち消えてしまった。港の沖合では、多くの大海蛇たちが、叱られたことなどとっくに忘れた子どものように、なんの屈託もなくふたたび遊び戯《たわむ》れていた。

一方、ララキア族の男たちは槍を低く構えたまま、内輪で話し合っていた。年長者たちが議論し、若手が時折り口をはさんでいたが、どちらの側にもためらいがうかがえた。にわかに起きたことのすさまじさに、誰もが動揺しているようだった。

やがて部族の集団からガランドゥが進み出て、サランカに通訳をするよう合図した。彼は、ローレンスにひと言だけ言った。「もうここから立ち去ってくれ」

17　別れのとき

長く退屈な復路《ふくろ》の旅のあいだは、先住民を一度も見かけなかった。ドラゴンによる空の旅とはいえ、シドニーにたどり着くまでに秋の半分が過ぎた。行く手に徐々に開けていく乾いた荒野を、一行は用心しながら、追い立てられるように渡っていった。朝になると、足跡やなんらかの痕跡から、何者かに見張られていることがわかった。水場ではそそくさと水を飲み、狩りの獲物からわずかながらも取り分けた分を妖獣バニャップへの貢《みつ》ぎ物とした。生命の衰える季節が近づき、大地はさらに痩せて獲物が乏しくなり、とびきり食欲旺盛な一頭を含む四頭のドラゴンはいつも腹を空かせていた。

こうして、あの巨大な道しるべにたどり着くころには、四頭ともが、ドーセットの理想よりも体重を減らしていた。赤い大地に屹立《きつりつ》する巨大岩の周辺の草木は日差しで黄色くなっていた。そこからは岸辺を目指してひたすら進んだ。「とにかく、もうすぐあの湖があるはずだから……」テメレアは、浅すぎて鼻先すら浸せない水場から、舌で水をすくいとりながら、疲れた声で言った。

湖にたどり着くことだけを心の支えに、つづく二週間の長い飛行に耐えた。まだ帰路全体の半分だったが、往路《おうろ》より格段に速いペースで飛び、未知の敵を追跡する必要がないので直進のコースをとり、湖で憩えることだけを楽しみに先へ先へと急いだ。

ようやく彼方の地平線上に、夕日を受けてかすかにきらめく湖面が見えてくると、テメレアの羽ばたきはいっそう速くなった。ドラゴンたちがみな飛行速度を上げ、一時間もしないうちに湖の岸辺におり立った。しかしそこには魚の腐臭が漂い、塩に縁取られた岸辺はピンク色に染まり、湖は涸《か》れて細長い水たまりと化していた。

ひどく縮んでしまった湖の水は、飲めたものではなかった。海水よりもしょっぱく、ピンク色に染まり、水面には大量の魚の死骸が半分ついばまれた状態で浮いていた。岸辺に、もはや鳥たちの姿はなかった。

ドラゴンたちがわずかに飲める程度の小さな水場は見つけたが、バニャップのために大地に残す貢ぎ物のせいで、食糧の蓄えをずいぶん減らしてしまった。湖のまわりには獲物が多いという期待から、小休止をとって狩りをするのを怠《おこた》っていたからだ。

残ったわずかな食糧をみなで黙って食べ、身を寄せ合って小さな焚き火を囲んだ。みなが感じていたのは、たんなる不自由さではなく、辺境の荒野から別れ際に侮辱の平手打ちを食らったような痛痒《つうよう》だった。自分たちは、ここでは歓迎されない存在だということを、改めて思い知らされた。

よれよれになって飛びつづけた末にようやく、すり切れて千切《ちぎ》れそうな革帯を思わせるシドニーのリアス式海岸が見えてきた。こうして前と同じ高台におり立ったとき、ローレンスは荒野で味わったあの痛痒がまた少し強くなるのを感じた。長く留守にしていたあいだに、高台にはふたたび草がはびこり、雑草や棘のある低木が勢いを取り戻しつつあった。着いたのは午後遅くで、港湾に停泊するアリージャンス号が見えた。それより浜に近いところには商船の小さな一団もあった。沈もうとする夕日が海を炎のようなオレンジ色に輝かせ、外洋につながる港湾の入口では、十数頭の大海蛇が海面から飛び出してはまた潜りを繰り返し、その体が夕日にきらきらと光っていた。

「問題は、やるかどうかではなく、どうやってやるかに尽きる」マクォーリー総督が言った。マクォーリーは、ブライの後任としてようやく本国からやってきた人物で、彼の着任は、グランビーが二度目にシドニーを発った直後のことだった。

ローレンスたちが旅に出ている数か月のあいだに、瀟洒な総督公邸が港を臨む丘に完成し、その執務室からは、はるか先の外洋まで一望できた。床には絨緞《じゅうたん》が敷かれ、家具もきちんと調えられている。みすぼらしい姿のローレンスとグランビーはその場から浮いており、懸命に身だしなみを整えてきたランキンすらも、ふたりと大してちがわなかった。

三人には新しい衣服を調達する暇もなかった。前夜は、自分たちの帰還を公式に知らせる使いを出す前に、早くも呼び出しの命令が届けられた。こうして言われたとおり夜明けとともに総督邸に到着すると、新総督がかりかりしたようすで執務室を行ったり来たりしながら待っていた。

「あやつらがここに呼ばれる理由がさっぱりわからんな」そこに同席するブライが声を潜めることもなく言ったのは、ニューサウスウェールズ軍団のマッカーサーとジョンストンが執務室に通されようとしたときだった。マッカーサーは部屋を横切ってきて、ローレンスと握手を交わした。「とんでもなく長い旅になりましたね、キャプテン」そう言いながら、大きな机に広げられた、土ぼこりに汚れて色褪せた地図に視線を走らせた。「ご無事に戻られてなによりだ」しかし、その言葉にはいささか熱意が欠けていた。

マッカーサーとジョンストンは、本国政府からの命令によって、ブライとともに帰国し、裁判で反逆罪に問われることになったのだ。アリージャンス号はグランビーの帰還を待っていたので、ほどなくこの三人も艦に乗りこみ、この地から離れることになる。

「とにかく、まずはあの大海蛇の群れをどうするかを決めなければな。あいつらの存在には、諸君から報告を受けるまでもなく、いやな予感をいだいていた」マクォーリー総督が個人的な挨拶を中断させ、片手で椅子を示した。

シドニーの港にあらわれたのは、大海蛇たちだけではなかった。巨大な翼のドラゴンが、最近になって東の海岸沖で目撃されるようになった。それはロン・シェン・リーとは異なる個体で、あるときは岸から三十マイルもないところにいた。大海蛇がぽつぽつと姿を見せるようになったのは、このドラゴンの出現のあとからだった。どこか新しい港で訓練されているにちがいなく、その港は大海蛇がはしゃぎまわるうちに時折りシドニーまで来てしまうほど近くにあるものと思われた。

船舶《せんぱく》は支障なく行き来しており、大海蛇が襲ってくることはなかった。おそらくは充分に餌が与えられ、船への攻撃につながりかねない本来の性質が抑えられているのだろう。しかし、大海蛇がどれほどたやすく破壊行為に走るかを見たことがある者なら、この現状にはけっして安穏《あんのん》としていられなかった。

「ただちに殲滅《せんめつ》しなければなりませんぞ」木製の義足を椅子の前に投げ出したウィロビー艦長が、荒々しい口調で言った。みずから望んでこの会合に参加したものの、いまも青白い顔を痛みにゆがめている。「ねじろの港湾まで追いかけ、飼い主もろとも血祭りにあげなければ」

「総督閣下」ローレンスは言った。「英国はすでに一度、守りの堅い港の攻略を試みて、撃退されています。こう申しあげることをウィロビー艦長にはご容赦願いたいのですが、わたしたちの被《こうむ》った被害に見合うほど、挑発行為が効果をあげたわけではありません。英国軍艦への対抗手段が中国側にあるとわかっていながら戦闘に突っこむのは、およそ正しい選択とは言えません。これまでも大海蛇は、知性を備えた者の指揮がなくとも、船乗りにとっては危険な存在でした。彼らは行動を起こすのに風や潮の好転を待つ必要がなく、海底から不意討ちを食らわせることができるのですから」

「ごもっとも」ブライが挑戦的に言った。「しかし、こうしているあいだも、港の外に大海蛇が十数頭もいるわけだ。中国側の狙いが、自分たちの存在に一目置かせることなら、成功したと言ってやりましょう。しかし、われわれに恐怖心を叩きこむつもりなら、総督閣下、それは失敗に終わっています、この先もずっと」

「いかにも、いかにも」ウィロビー艦長がローレンスをにらみつけながら言った。ローレンスは、この愚かな気勢に唇を引き結んだ。大海蛇に片目と片脚を奪われたウィロビーの蛮勇をもはや責めるつもりはないが、彼の判断力への疑いが消えることはない。

「海軍の皆様には申し訳ありませんが」と、マッカーサーが横から言った。「もっとましな対処を考え出せないものでしょうか。なにしろ、二十トンもの物資を中国からわが英国の領土まで、一か月で運べるような相手なのですから」

これを聞いたブライが、卒中でも起こしそうなほど怒りで顔を真っ赤にした。マクォーリー総督が場を制するように片手を挙げた。「よろしいかな」その口調はおだやかで、顔にはいかめしさと同時に温かみを感じさせるしわが刻まれている。目は深くくぼみ、瞳の色は黒に近い。総督の胸には、すでに話し合いの結論が用意されていたようだ。「ウィロビー艦長の報告書によれば、われわれへの最後の命令は――」と、彼はウィロビーにうなずきつつ言った。「実に簡明だ。われわれは、この大陸において外国勢力によるいかなる侵略行為も認めない。北方の港から追い払う努力が報われなかったにせよ、だからこそよけいに、シドニーから近い場所に敵が新しい港を建設する前に、撃退する必要性が増したのだ」

マクォーリー総督の頭には、大海蛇を根絶やしにすることしかなく、あとはその方法を話し合うだけなのだった。

「あの生き物を始末するには、爆弾がいちばん確実です」と、ランキンが言った。「空中から投下すればよい。魚の腐臭に寄ってくるよう訓練されているのですから、たやすくおびき寄せて、爆破できます」

海の深みにすばやく潜れる生き物に爆弾を投下するのがむずかしいのは確実で、体の大きさひとつとっても、致命傷を与えるのは容易ではないだろう。にもかかわらず、ランキンの意見は熱い賛同を得た。ウィロビーが手放しに称賛し、マクォーリーも同意した。

その経歴のほとんどが伝令竜のキャプテンだったランキンに比べて、空中戦の経験が豊富なグランビーが、懐疑《かいぎ》的な表情を見せて言った。「まずは一頭だけ、港からかなり遠く離して、試すのがよいかと。群れを猛り狂《たけ》わせただけで失敗に終わり、港の船舶が全滅ということになっては元も子もありませんから」

「一部の特別に貴重な船は避難させるべきではないでしょうか」マッカーサーが提案した。「空中から爆弾を落とす計画を進めるなら、アリージャンス号をいつまでも港に停泊させつづけ、みすみす大海蛇の餌食にする必要はどこにもありません」

この提案には、いささか不純な思惑がはたらいていた。マッカーサーはすでに、自分とジョンストンとで爆弾製造の手配を担うと申し出ていた。ふたりはそれを言い訳にして帰国を引き延ばせると考えているようだ。一方でライリーも、かつてアリージャンス号が大海蛇によって崩壊寸前に陥ったことがあり、そんな経験を繰り返したいはずもなく、わが意を得たりとマッカーサーの意見に賛同し、マクォーリー総督も異を唱えなかった。

こうして、爆撃作戦が承認された。散会となってから、ローレンスに遅れに遅れて到着した郵便物が渡された。束ねられた三通のうち一通が、ジェーン・ローランドからの手紙だった。残る二通はテメレア宛てだった。この三通に加えて、サルカイ宛ての一通も預かった。ローレンスが手紙をポケットに入れて退去しようとすると、総督の執務室のドアの前で、マッカーサーに呼び止められた。

「やつらには道理というものがないのか?」マッカーサーが問いかけた。「――中国人のことだよ。われわれ英国人をことごとく港湾に投げこんで、大海蛇に食わせたがっているんだろうか?」

「どうか、そんなばかげた妄想をもてあそぶのはやめてください。これまでも、同じような話を新米水兵たちからさんざん聞かされてきた」ローレンスは怒りのあまり、つい礼を失する口調になった。「中国人もわれわれと同じ人間であり、同じように悪いところも愚かさもたくさんある。しかし、われわれよりも彼らのほうが悪質だなどということはありえません」

「まあ、それなら」マッカーサーが言った。「われわれは、中国人とともに地獄の道を歩むとしようか」

マッカーサーが帽子に手をかけて挨拶し、立ち去った。ローレンスは高台のテメレアのもとへ行き、いっしょに手紙を読んだ。手紙を読むとなおさら、早急な攻撃には心が動かなかった。成否にかかわらず、大きな痛手を受けることになるだろう。ジェーン・ローランドからの手紙には、ナポレオンがツワナ王国と同盟を結んだことが書き記してあった。

ナポレオンは、手持ちの輸送艦をすべて投入し、ツワナ人たちを新大陸に送りこみました。リオに直行した艦にはドラゴンが二十六頭、そのうち九頭が重量級、二頭が火噴き。どんな結果になったかは想像がつくでしょうから、詳しくは書きません。けっして読んで気持ちのいい話ではないとだけ言っておくわ。

ポルトガル人たちは必死に助けを求めています。彼らが恥を忍んでフランスに屈する前に、わが国は最善を尽くさなければ。でも、インカ王国をこの件に関心を持つように説得できなくて、どうすればツワナ王国がポルトガルの全植民地を破壊し尽くすのを食い止められるのか見当もつきません。なんとしてもイスキエルカを呼び戻さなくてはいけないし、豪雨をもたらす日本のドラゴンが一頭でも手に入るなら、腕の一本だって差し出したいくらいです。

これまでの損害額は、推定一千万ポンド。ばかげているでしょう？　いまのところツワナ人たちは農園と奴隷にしか関心がないようだけれど、ドラゴンはすぐに戦いの味を覚えるもの。ドラゴンたちがもっと争いを求めれば、ナポレオンは間違いなく戦闘を用意するでしょう。

ローレンスは、暗澹《あんたん》たる気持ちで手紙を置いた。このような状況下に中国という新たな敵に対して戦端を開くなど、ますます無茶なことに思えてくる。なにしろ英国艦に襲いかかる敵は、ツワナ王国の比ではない大量かつ高度な戦力を有しているのだ。サイフォにペンと紙を持ってこさせ、ジェーン宛ての書きかけの手紙に新たな文章を書き加えることにした。もしかしたら時宜《じぎ》を逃した無益な手紙になるかもしれないが、できるかぎり早急に、この新しい局面についてジェーンに助言し、自分の懸念を知らせたかった。

「少なくとも、前より少しましになったよ」テメレアは牛の数が増えたことを評価して言った。マクォーリー総督が苦しい旅を終えたドラゴンたちに公費で牛を二頭ずつふるまい、なかなか話がわかる人物であることを証明してみせたのだ。ただし、家畜が不足するなか、アリージャンス号にイスキエルカのための備蓄として牛や羊が大量に積みこまれるのを見ると、心中おだやかではいられなかった。海に出れば、イスキエルカはあらゆる魚を好きなだけ獲って食べられるというのに……。牛や羊じゃなくて、カンガルーやヒクイドリを積みこんでもかまわない。アムステルダム島まで行けばアザラシだっているだろう。

テメレアはそれを口に出して言ってみたが、イスキエルカはまったく動じなかった。「あたしがきみに、なにか借りがあるとは思えないんだけど」しっぽをぴしゃりと地面に打ちつけて言った。「どんなに長旅だったか、あの旅でどんなに痛い目に遭ったかを考えるとね。せめて、あたしに卵を産ませてくれてもよかった。とんだ骨折り損だったわ」

「そう言うきみが、相当な面倒を起こしてくれたじゃないか。そもそも、きみが来ることを誰も望んじゃいなかったよ」テメレアはそう言ってしまってから、胸がつんと痛むような罪悪感を覚えた。この旅でイスキエルカに大いに助けられたことは否《いな》めない。ローレンスなら利己心より理性の声に耳を傾けるだろうと考えると、いたたまれない気持ちになり、決まり悪さに体をもぞもぞさせながら、深呼吸をして、思い切って言った。「きみが望むなら、ここにいてもいいんじゃないかな」

　イスキエルカが小馬鹿にするように、鼻を鳴らした。「こんなみじめったらしい国に誰がいたいと思う？　おいしい食べ物はないし、戦う相手といったら、生臭い魚まみれの生き物だけ。お断り。あたしに言わせれば、ここに残るきみがあんぽんたん。グランビーの話だと、あたしたちは帰国するんじゃなくて、マドラスから新大陸のリオに向かうんだって。前にきみたちを追い散らしたアフリカのドラゴンを相手に、華麗なる戦いを繰り広げるためにね。あたしとグランビーならきっとうまくやれる」

テメレアは羨望と嫉妬が相半ばする感情に苛《さいな》まれ、冠翼を寝かせた。マドラスのあるインドをまだ見たことはないけれど、インドからはいつもすてきなものがたくさんやってくる。それに、船乗りの話によれば、ブラジルという国はどこもかしこも黄金でいっぱいらしい。

目前の戦いには、どうにも熱意が湧いてこなかった。やることは、空中から爆弾を投下するだけ。おそろしく手こずらせる愚鈍な大海蛇に近づかずにすむのはうれしいかぎりだが、ローレンスは、その戦いが間違いなく、中国との戦争につながると考えている。

しかし、選択の余地はなかった。アリージャンス号が出帆し、最近やってきたフリゲート艦や、喫水が深すぎて浅瀬に退避させられない商船が港を出たら、すぐに攻撃が開始されるだろう。

ローレンスもライリー艦長に別れの挨拶をしていた。「ハーコートによろしく伝えてくれ」と言ったあと、少し遅れて付け足した。「――その、もちろんミセス・ライリーのことだ。奥さんが快復していて、お子さんも元気であるように祈っている」

「息子はもう言葉をしゃべっているころでしょうね。飛んでいるドラゴンの背から落っこちていなければね」ライリーはそう言うと、ローレンスが用意していた手紙と、サイフォが代筆したテメレアの手紙を預かった。

「ライリー艦長」と、テメレアは呼びかけた。「あなたとリリーがあまり仲がよくないのは知ってるけど、よければリリーに、ぼくからよろしくって伝えて。あと、もしもこっちに来る気があるなら、リリーもマクシムスも大歓迎だって」

「そうか」ライリーが少し気が重そうに言った。テメレアも、リリーがライリーに対していささか邪険であることはとっくに気づいている。だが、キャサリン・ハーコートが〝卵〟を身ごもったせいで体調を崩したのはライリーの責任と言えなくもない。

「わかった。きみからの伝言を間違いなく伝えよう」

「とんでもなく愚かなうえに、人材の無駄遣いだと思いますよ」テメレアとライリーのやりとりのかたわらで、グランビーがローレンスに、けっして小さくはない声で言った。「あなたをここに残しながら、ランキンをドラゴン基地の指揮官にするなんて。もっとも、ドラゴンが三頭しかいなくて、そのうち二頭はランキンに従うどころか海に投げこみそうなのに、それをドラゴン基地と呼べるならですけどね」

「ランキンが指揮官の立場にご満悦《まんえつ》であるように願うよ」ローレンスが冷ややかに言った。「責任の重い判断を求められるような立場ではないから、ほかよりここに置いておくほうがましだ。害をなしうる地位ではないし、政治工作なら好きなだけやればいい。正直なところ、ディメーンが正式にキャプテンとして認められるようなことになったら、わたしたちはさらに行き詰まる。マクォーリー総督の人となりを見るに、若造にすぎないディメーンの意見に耳を貸すとは思えないし、もちろん、ディメーンの出自にもこだわるだろう」

「それを言うなら、ディメーンはおよそ軍人らしからぬ個性の持ち主ですからね、ランキン以上に手こずらせる可能性はありますよ」グランビーが言った。「いや、それでもあなたをここに残して、ランキンもろとも朽《く》ち果てさせるのはもったいない。やつが厄介者から卒業できるとも思えません。そのうえ、アリージャンス号が出航してしまえば」と、憤懣《ふんまん》やるかたないようすで付け加える。「貴重な戦力となりうる大型ドラゴンを、この大陸から連れ出す望みがなくなってしまいます」

シドニーへの帰路についてほどなく、クルンギルがカエサルよりも大きくなった。そのことにテメレアはひそかに満足したが、明らかに入手する食糧のかなりの量をクルンギルが食べてしまうので、あんな勢いで食べつづけて成長する必要はもうないのに、とも思っていた。イスキエルカがいなくなっても、それほど多くの牛が浮くわけではない。三頭とも一回の食事にカンガルーを六頭は食べるとなれば、狩りもどんどん長時間の労役となっていく。いずれは、捕食できるような群れを見つけるために、ずっと遠くまで何時間も飛ばなくてはならなくなるだろう。

「この植民地にばかでかい重量級ドラゴンはいらないって、一部の士官たちが言うのをきみも聞いたはずだよ」帰路でようやく緑の谷間まで戻ってきたとき、テメレアとイスキエルカと同じ分だけ牛をくれとせがむクルンギルに、テメレアはそう釘を刺したこともあった。

それでもクルンギルは、テメレアのあてこすりなどどこ吹く風で食べつづけ、ぐんぐんと成長している。「まさかマクシムスより大きくはならないよね」テメレアは、竜医のドーセットに小声でさぐりを入れた。クルンギルは二頭目の牛を腹におさめ、群れの残りを悲しげな、物思わしげな目で見つめているところだ。

正直に言うなら、テメレアとしては、クルンギルがいずれ自分より大きくなるのか、そこを知りたいところだが、そんなことを尋ねて利己的だとか、つまらないことを気にするやつだとか思われるのはいやだった。たとえクルンギルに、成長とともに黄金のうろこが生えて、みごとな美しい模様になったとしても、天の使い種《セレスチャル》のドラゴンたるもの、そんな瑣末《さまつ》なことを気にするはずがないのだから。

「そうなる可能性は高いな」ドーセットが日誌を書きながら言った。クルンギルが食べたものを残らず書きとめ、目盛り代わりに結び目をつくった紐で計測した大量の成長記録もつけてきたドーセットだったが、クルンギルの体が巨大化したせいで、かぎられた時間でまともに計れるのは近頃ではかぎ爪くらいになっていた。

ドーセットが付け加えた。「体の丸っこさがとれるのが、成長期が終わりに近づいたしるしだね。つまり、体格が浮き袋に見合う大きさに追いついたということだ。そうなると成長も限界に近くなる」

　しかし、それから一週間以上になるが、クルンギルはいまだにずんぐりむっくりで、テメレアほどの体長はないとしても、地面の影を比べてみると、クルンギルのほうが小柄だと言うには少々無理がある。

　その日の午後、おそらくはローレンスに話があって高台へのぼってきたマッカーサーも、クルンギルの大きさにいたく感心した。ローレンスは、アリージャンス号の出航を前にしてライリーやグランビーと別れの晩餐をするために艦へ出向いており、マッカーサーを迎える者は誰もいなかった。

　マッカーサーが丘のはずれで立ち止まり、テメレアに尋ねた。「では、あそこにいるのが新しく生まれたドラゴンなのか？　卵から孵って数か月にしてはとてつもない大きさだ。このままいけば、じきにきみと肩を並べるようになるだろう」

「体重だけを考えれば、そうでしょうね」テメレアは、やや威圧するように言った。

「はっはあ」マッカーサーが声をあげて笑ったが、テメレアにはなにがそんなにおかしいのかわからなかった。「あのドラゴンにキャプテンはいるのかね？」

「ぼくのドラゴンです」先刻から顔をあげ、聞き耳を立てていたディメーンが、挑むように言った。ディメーンとエミリー・ローランドは、大海蛇への攻撃計画案を図に起こし、その是非《ぜひ》を論じているところだった。これがランキンの提案というだけで嫌悪感が先立って粗探《あらさが》しをするディメーンに対し、エミリーが苛立って言った。「確かにろくでもない屑野郎だけど、それが戦いになんの関係があるわけ？　あんたはローレンスが言うなら、海に飛びこんで大海蛇と戦えって言われても喜んでやるの？」

マッカーサーが、ディメーンに怪訝《けげん》そうな目を向けてから、わけのわからない言葉で話しかけた。テメレアも近頃では聞きかじっているアボリジニの言語のようだが、強い英語なまりがある。「え、なに？」当然ながら、ディメーンはとまどった。

「兄さんが、この土地の先住民だと勘違いしてるんだよ」サイフォが本から顔もあげずに言った。「ぼくらはアフリカ出身で、ぼんくらでもないから、幼児語で話しかける必要なんかありません」

「ふむ、ならば助かる」マッカーサーが言った。「きみたち黒人の多くは、困ったことに、英語もろくにしゃべれないからな」

「あなたも困ったことに、ろくに中国語もしゃべれませんからね」サイフォが小さくはない声で言った。マッカーサーは「ほう、いまのところそれで不自由はないがね」と返し、はっはあと笑い声をあげ、今度はディメーンに向かって言った。「しかしまた、どういうわけでそんななりゆきに？　きみは士官ではないだろうに」「ぼくも士官のひとりです」と、ディメーンがきっぱり言った。「キャプテン・ランキンがなにを言ったか知りませんが。ランキンは、孵ったばかりのクルンギルを殺せと言った。だから――」そこで地面に唾を吐いてつづけた。「ランキンだろうが、誰だろうが、ぼくのことを認めないやつには、いつだって喜んで相手になりますよ」「ふむ、わたしの前で剣を抜く必要はない」マッカーサーが言った。「あのドラゴンがきみをキャプテンとして認めているのなら、わたしも喜んで認めよう。とはいえ、この件はなかなかの難題だな。ほかのやつらが因縁《いんねん》をつけてくるんじゃないのか？」マッカーサーが鋭いひと言を加えると、ディメーンの表情が固まった。「きみはこのでっかい相棒と、ここに足止めを食らうわけだ。この基地にとどまって、どうするつもりなのかね？」マッカーサーがつづけた。「文句たらたらの嫉妬深い同僚たちに囲まれていては、居心地もよくないだろう。わが道を行ったほうがよいのではないのかね――自分の土地で、自分の牛を育てて」

ディメーンが、虚《きょ》を突かれたように、はっと息を呑んだ。幼少期を過ごした村落では、生きる糧《かて》として、また通貨として、牛ほど価値の高いものはなかった。孤児で貧しかったので、牛を一頭でも所有できるなら、ディメーンは迷うことなく命を賭けた。いまも心のどこかで、牛を豊かさの尺度にしている。マッカーサーはディメーンに対して、宝の埋まっている場所を指さしたようなものだった。

ディメーンは「そうかもしれません」と用心深く答え、この話について冷めた態度をよそおった。

「ふむ、心にとどめておいてくれ」マッカーサーが言った。「焦って決めなくてもいい。自分に合った道かどうか、じっくり考えてみなさい」

そして、ローレンスはいるかと尋ね、夕食に出かけたと聞くと、帽子に手をやって帰ろうとし、牛二頭の提供を約束した。「加えて、小柄なほうのお仲間には仔牛を一頭」とカエサルについて言い、「そうすれば、きみもあちらの——〝クルンギーレイ〟だったかな、彼と牛をめぐって争わずにすむだろう」と、テメレアが見苦しく口論することを見越しているかのように付け加えた。

「きみのキャプテンによろしく」マッカーサーがそう締めくくって立ち去ると、ディメーンがエミリーに小声で「ランキンにへいこらするよりも、ぼくに合ってるかな」とつぶやいた。

「へいこらする気もないくせに」エミリーが目玉をくるりと回して呆れたように言った。「ばかなことを考えないで。たぶんあの人は、あんたをだまして安い手間賃で自分の使い走りにできないか、さぐりを入れてるのよ」

「それがうまくいかなかったら、安くない手間賃でなにかを運ぶ仕事をくれないかな?」とテメレアが言うと、エミリーは、そんなことを考えるのは飛行士の品位にもとると、軽蔑を込めて否定した。

テメレアは、あとでこっそりディメーンに打ち明けた。「でも、マッカーサーが牛で給料を払うつもりがあるなら、ぼくとしては、手伝うことをいやがる理由はないと思ってるよ」そして、ディメーンもまったく同じ気持ちだということがわかった。

しかし、その件については、あとで検討することにしよう、とテメレアは考え、今後の身の振り方も、マッカーサーの来訪も、風向きが変わると同時に、テメレアの頭から消え去った。それほど強い風ではなかったが、檣《マスト》をいくぶん揺らす勢いがあり、風向きも理想的だ。

巨大輸送艦の甲板で協議が行われているのが、日没前の光のなかで確認できた。当直の若手士官たちが檣楼《しょうろう》を見あげて、なにか訊いている。しばらく協議してから、頃合いと判断したらしかった。全士官を召集するために艦から青い信号弾があがり、檣頭《マストヘッド》にP旗《ブルーピーター》〔青地の中央に白い長方形を配した、出帆を知らせる旗〕が掲げられると、高台から見おろせる街の通りで、酒場の扉が開き、男たちがなかから出てきた。

ローレンスがゆっくりと丘をのぼってきてテメレアの脇腹に片手を置くころ、湾では手漕ぎボートが艦に戻っていき、夕食に出ていた士官たちがつぎつぎに船腹をよじのぼっていった。水兵たちが三層の巨大な巻きあげ機《キャプスタン》を回して錨をあげ、白い帆が風を受けてふくらんだ。

「さよなら!」ドラゴン甲板から呼びかけるイスキエルカの声が、海を渡って聞こえてきた。「さよなら! なんかおもしろいことがあったら、グランビーに手紙を書いてもらって教えるね」

テメレアはかすかにため息をつき、アリージャンス号の堂々たる出帆を眺め、前足に頭をおろした。オレンジとピンクの夕日の輝きがしだいに薄れ、イスキエルカの棘から噴き出す蒸気が前檣《フォアマスト》にまとわりつき、ふくらんだ帆を這いのぼり、空にたなびいて消えていった。乗組員たちの合図や命令の声、三十分の経過を告げる時鐘《じしょう》が遠くから聞こえた。

アリージャンス号は夜の闇に向かって進んでいった。陸地の曲線が徐々に艦体を隠し、そのうちに滑るように進む帆しか見えなくなり、しばらくすると、後ろ足立ちになって首を伸ばしても、見えるのは艦のてっぺんのランタンの輝きだけになった。やがてランタンの光も、輝きはじめた星々と見分けがつかなくなり、テメレアは何度かまばたきをするあいだに光を見失った。アリージャンス号が去っていった。テメレアにとって、岸に残ってアリージャンス号を見送るのははじめての経験だった。アリージャンス号がいなくなると、港湾が妙に小さく閑散として見え、あれほどの巨艦がそこにいたとは想像もつかないほどだった。艦の横ではとても小さく感じられていたほかの船が、いまは通常の大きさに見える。

「もう戻ってこないってわけじゃないからね」テメレアはローレンスに言った。「当たり前だよね。だって、艦《ふね》はどこへだって好きなところに行けるし、一度ここに来たんだし。ほかのドラゴンをまた送りこもうとするかもしれないしね。ふふん！　イスキエルカみたいに、これからまた八か月も海の上なんて、退屈きわまりないだろうな――八か月っていうのは、ブラジルに派遣されなかったときの話だけど……」最後はかなりしょんぼりした口調になった。

イスキエルカがブラジルに派遣されるのは確実だった。それはもうわかっていた。そういう運に恵まれるのがイスキエルカなのだ。軽率きわまりないドラゴンが山のようなお宝を手にし、艦に積みこまれた牛を独占し、さらにはこれからさんざん戦って、ありとあらゆる愉快なことに遭遇するなんて……こんなことは、まったく公平じゃない。

けれども、暗い気持ちにはなるまいと決めていた。ローレンスの負担にはなりたくない。ただでさえローレンスは、ここに残ってランキンばかりか、新しい総督ともうまくやっていかなくてはならないのだ。残念ながら、マクォーリー総督に対する以前の好ましい評価を見直さざるをえなくなっている。ローレンスがブライよりもマクォーリーのほうがましだと思っているのは確かなので、それについてどうこう言う気はないが、マクォーリーはローレンスではなく、ランキンにばかり意見を求めたがった。大海蛇への攻撃計画を話し合う会議にも、ローレンスを呼ばないことがあった。

そんなローレンス不在の会議のあと、ランキンはドラゴン基地に戻ると、尊大な態度で飛行士たちに攻撃計画を発表した。ローレンスが意見や質問をはさもうとすると、とげとげしい声で、〝ミスタ・ローレンス〟と名指し、ほかの飛行士のことは〝ブリンカン空尉〟のように階級付けで呼んだ。ランキンが〝ミスタ〟と呼びかけるのは、〝ミスタ・ピーボディ〟や〝ミスタ・ドーズ〟のような空尉候補生だけだったので、よけいに冷酷さが感じられた。

「そんなことはどうでもいいんだ」テメレアが苛立ちをあらわにすると、ローレンスは言った。「わたしに会議の内容をいっさい教えず、誰かをきみに乗りこませ、戦いの流れを仕切らせようとする可能性すらあった。彼にはそういう権限があるのだから」

「ぼくがそんなことをさせるわけない」テメレアは言った。「あいつだって、ぼくが言うことを聞かないことぐらいわかってる。だから、ぼく抜きで戦うかもしれないね。まあ、クルンギルも抜きだろうけどね」

自分の名前を聞いて、クルンギルがぱちりと目をあけ、眠たげな声で訊いた。「もう、ごはんの時間？」

ちょうど丘をのぼってきたサルカイがそれに答えた。「そう長くは待たずに食事の時間だろう。途中で肉を解体しているのを見かけた」

サルカイはローレンスと握手を交わした。サルカイまでここから去るのだと知って、テメレアはがっかりした。

「ミニヴァー号の船長から、ボンベイ〔現在のムンバイ〕に入港する予定だと聞いています。ボンベイからイスタンブールまでの陸路なら、わたしにはよくわかった道です」かすかにゆがんだ笑みを浮かべて、サルカイはつづけた。「あちらに着くころには、情報の大半は古くなっているかもしれませんが、約束を果たす必要があるので」

なぜ情報を届けるという目的だけでそんなに遠くまで行かなくてはならないのか、テメレアには不可解だった。ましてや本人がそれほど行きたくもなさそうなのに。

「どうしても行かなくちゃならないならしかたないけど、また戻ってくればいいよ」

テメレアは言った。「ベザイドとシェヘラザードに会ったら、きみたちの卵が無事に孵ったよって伝えてもらえるかな。ベザイドたちに消息を伝えなければって、ずっと気になってたんだ。当たり前だけど、イスキエルカがしゃくに障《さわ》るやつなのは、親のせいじゃないからね」

「この先きっと、きみがいないことを惜しみつづけるだろう」ローレンスがサルカイに言った。「——こんな世界の片隅にきみをすぐ呼び戻すこともまずないだろうから」

サルカイがしばらく沈黙してから言った。「ですが、あなたを世界の片隅から呼び出す試みについては、しばらく前にお話ししましたよ。気持ちの整理がついているのなら、返事をうかがってもよろしいですか？」

ローレンスが答えるまでには、しばし時が流れた。「ありがたい話だがお断りするよ、テンジン。わたしにはできそうもない。きみにはとても感謝——」

サルカイは手を振って、最後まで言わせなかった。「では、なにかほかの職が見つかることを期待しています。あなたは仕事しないでぶらぶらできる人ではありませんから」ポケットの箱から、美しい浮き出し模様の入った名刺を取り出した。「わたしの居場所も行くあても、いつものごとく定かではありません。ですが、必要なときは、わたしの弁護士気付《きづけ》で手紙をください。弁護士は、連絡がつかないときも、わたしが取りに行くまで手紙を預かっておいてくれます」

サルカイはローレンスに名刺を手渡すと、固い握手を交わし、翌日の夕食の約束をしてから斜面をくだっていった。

「サルカイの言うように、なにか仕事が見つかるといいな」テメレアは、ため息交じりに言った。私掠船《しりゃくせん》に乗り組むのはすばらしい仕事に思えたので、ローレンスにその気がないのが残念だった。ここではおもしろいことなどなにも起きそうにない。自分とローレンス以外の誰もがここから離れていくなんて、公平ではないような気がした。

翌日の午後、ローレンスがサルカイとの夕食に出かけたあと、遅い夕刻になって、いきなり発砲音がした。テメレアは昼寝から覚めて、涼しいひとときを楽しみながら、冷たい水を飲みに、少し遠くの水場まで飛んでいこうかどうか考えていたところだった。

マスケット銃の弾丸が飛び交う乾いた音に、クルンギルも目を覚まして起きあがった。「大海蛇をやっつけにいくの?」クルンギルが期待するように尋ねた。成長しても声はいっこうに低くならないが、こだまのように奇妙に反鳴するので、クルンギルがしゃべると、複数の人間がいっせいに同じことを話しているかのように聞こえる。

「やっつけに行くわけがないだろ」カエサルが斜面をくだった先にある街のようすをうかがいながら言った。「もしそうなら、おいらのキャプテンやクルーがここにいなくちゃおかしい。おや、人間どうしが戦ってるぞ。決闘だな、たぶん」

「決闘じゃないよ」テメレアは言った。「暗くなってから決闘する人はいないし、あんなに何十人も一度にやらない。決闘は一対一で夜明けにやるものだよ。なんでこの街はこんなに騒動ばかり起きて、なんでいつもローレンスがぼくの目の届かないところで巻きこまれなくちゃならないんだろう。ふふん！　また銃声だ」

おびただしい数の軍服の男たちが街の通りにあふれていた。いまは銃剣を手にした戦いになり、取っ組み合っている者たちもいる。両手で構えた銃剣が激しくぶつかり合う音がする。テメレアは不安に駆られて身を起こし、丘のふもとで乱闘する男たちのなかにローレンスの姿はないかと眼を凝らした。ローレンスの茶色の上着はもっと明るいときでも見分けるのがむずかしい。姿が見えないからといって安心はできなかった。見つかりさえすれば、安全な場所にさらっていけるだろう。

「あそこまで行ってくる」テメレアは、きっぱりと言ったが、エミリーがそれに反対した。「――いやだ、ローランド、待てないよ。ローレンスがあのどこかにいるんだ。ぼくがあのなかにおり立ったら、みんな戦うのをやめるんじゃないかな――あの見るからにおんぼろの低い建物と、たぶんその隣のを倒しちゃうくらいですむよ」

「ここから動くんじゃない！」息を切らしながら坂をのぼってきたランキンが言った。

テメレアから見れば恐ろしく地味な夜会服が乱れ、ブリンカン空尉と副キャプテンを伴っている。「ミスタ・フェローズ！　すぐにカエサルにハーネスを装着しろ。謀反《むほん》が起きた。おまえはここで待機だ」と、最後はテメレアに言った。「ローレンスには、なんの危険もない。暴徒は総督邸に向かっている。ローレンスのいる酒場が巻きこまれる恐れはまったくない」

「あなたの言うことなんか信じられるもんか」テメレアは思いきり侮蔑を込めて言った。「命令に従うとでも思ってるの？　ぼくはあなたの部下じゃないよ。それに謀反って、誰がなんのために？」

「おまえには関係ない」ランキンが語気を強めた。「のこのこ出ていって、後先考えず好き放題やったあげくに自分でローレンスを踏みつぶしたいなら、そうするがいい。ただし、われわれのじゃまはするな。カエサル、うまくおさまっているか？　胸のベルトがしっかり締まっていないようだが。ミスタ・フェローズ、確認を！」

「肩のあたりもちょっとゆるい」カエサルが報告しながらこれ見よがしに胸をそらしたとき、ディメーンが言った。「なんでぼくらが残らなきゃいけ──痛っ！」

エミリーがディメーンの向こうずねを蹴《け》りつけ、前のめりになったディメーンの耳をつかんで、これでもかというくらいひねりあげた。「寝言を言ってんじゃないわよ！」それに憤慨して頭をあげたクルンギルにも言った。「あんたもつべこべ言わないで。ディメーンと、あんたのためでもあるんだから」

「放せよ！」ディメーンが引きつった声で言ったが、エミリーが巧みに動いて手を放さなかったので、彼女から身をよじって逃れるために、さらに痛い思いをした。「なんであいつに決めさせるんだ。この植民地やみんなを仕切るのは誰だと――」

「決めさせたくないわよ」エミリーが怒りを込めて言った。「でもあんたは、海軍省委員会諸卿《しょきょう》の半分を味方につけてる、年収二万ポンドの伯爵の息子じゃない。あんたがここで謀反人に関わって撃ち殺されたって、犯人は罪に問われることもない。あんたには影響力なんかこれっぽっちもないんだから。ランキンが決める筋合いじゃないけど、あんたにはもっと決定権がない。誰がどういう理由で謀反を起こしたのかもわかってないのに。どうせ酔っぱらいどものしわざでしょうよ」

「どうやら、酔っぱらいじゃないな」テメレアは言った。「一斉射撃を三回もやってる。銃に弾を込め直すのは、素面《しらふ》でも遊び半分じゃできないよ。大砲を撃つのだって、大砲一門に兵士七人がついても、ものすごくたいへんだった。だからあれは、マスケット銃を持った誰かが暴れた程度の騒ぎじゃない。いったい、誰が謀反を起こしたのかわかるといいんだけど――」

「ニューサウスウェールズ軍団だ」坂を駆けあがってきたフォーシング空尉が、あえぎながら言った。「ミスタ・ローレンスも、まもなくここに来る。テメレア、無事だからさがしにきてはいけないと伝言を――」

「ローレンスは、ほんとはどこなの?」テメレアはそれでも少し疑っていた。旅のあいだに、ローレンスがフォーシング空尉への評価を少し上げたのは知っていたが、とりたてて功績を残したとも思えない。元のチームのフェリスか、空尉候補生だったマーティンに戻ってきてほしいという気持ちはいまも心の底にある。もっともマーティンは軍事裁判のあと、ローレンスと自分をあからさまに無視したのだが……。

暗くなりすぎて人影までは見えないが、坂をのぼってくるカンテラの明かりがひとつあった。カエサルが「うまくおさまってます、キャプテン・ランキン」と得意げに言い、ライフルやピストルを手にした士官たちが搭乗するのを待った。そして全員が乗りこむのを見とどけると、カエサルは、テメレアとクルンギルに鼻持ちならない口調で言った。「ではきみたち、われわれがただちに鎮圧《ちんあつ》して戻ってくる。くれぐれも手出しはしないように」

「どうしてぼくたちは戦いに行っちゃいけないのかわからないんだけど、わかる？」

と、クルンギルが首をひねり、テメレアもまさに当を得た質問だと感じた。「ぼく、とっても眠いんだけど、銃の音がしているときに寝てなんかいられないよ。それに、あのニューサウスウェールズ軍団って、ぼくらに羊とか牛とかくれる人たちじゃなかった？」

「そうだよ、でもね」テメレアは教え諭すように言った。「マクォーリー総督だって何頭か牛をくれた」こんな状況では、公平な見方を貫くべきだと感じた。「だけど、総督は誰も望まないような戦争を中国に仕掛けようとしてる。あっ、ローレンス！」くるりと振り向いて言った。「会えてすごくほっとしたよ。街におりるつもりでいたところにフォーシングが来たんだ。ぼくらが味方をすべきなのはマクォーリー総督なのか、また謀反を起こしてる軍団なのか、わからなくなって」

「そうか」ローレンスが険しい声で言った。「——ローランド、望遠鏡を」

〝戦闘〟の中心はすでに総督邸のほうへと遠ざかっていて、テメレアの見るかぎり、規模はずっと小さくなっている。小競り合いもほとんどなくなり、さっきまで立ちはだかって道をふさいでいた兵士たちも、逃げ出した海兵隊の小さな一団を除いては、仲間と合流して歩いていた。歌声がやむことなくつづき、大勢の街の人たちがカンテラと酒瓶を手に通りに出てきていた。酒が酌《く》み交わされるたびにグラスがきらりと光り、空に向けてピストルが発射される。

ローレンスが望遠鏡をたたんでエミリー・ローランドに渡した。

「カエサル」ランキンが呼びかけた。「わたしを乗せろ」

「テメレア、カエサルを離陸させないでくれ」ローレンスが言った。そして「指揮官閣下」と、ランキンに呼びかけた。「この事態はあなたの手に余ります。あなたのドラゴンに一般市民を攻撃させてはならない。この戦争で、そんなことが繰り返されてきたのは承知している。だが、わたしはもう、二度と加担したくない」

すでにカエサルに騎乗したランキンの顔が怒りで青ざめ、搭乗ベルトを握った手がこわばった。「ミスタ・ローレンス、じゃまをするつもりなら――」

「もちろん、そのつもりだ」ローレンスはきっぱりと言った。ランキンがなんと脅そうが、あとには引かない覚悟があった。

「赦免《しゃめん》されることを、きみがまだわずかでも望んでいるのなら」ランキンは、すさまじい怒りを押さえこもうするように、貴族的な薄い唇をわずかにゆがめて言った。

「そんな望みは金輪際《こんりんざい》捨てるんだな。きみに関するわたしの発言にさほど影響力はないと思っているのかもしれないが、マクォーリー総督がきみを徹底的につぶすだろう」

「それも覚悟のうえだ」ローレンスはそう言って背を向けた。ランキンに表情を読まれたくはなかったからだ。

エピローグ

「もちろん、ほんものの謀反ではありません」マッカーサーがそう言って、ローレンスに冷えたシャンパンのグラスを手渡した。ようやく炎暑が遠のき、庭園は秋らしい心地よい大気に包まれている。木々のあいだを、小さなコウモリたちが、キィキィと鳴きながら飛びまわっている。

「新大陸の無鉄砲な連中《ヤンキー・ドゥードゥル》のように、腹立ちまぎれにみずから災いを招くような行動を起こすつもりはありません。しかし、海路で八か月もかかる場所から、勝手な当て推量で統治されるのはどうにも納得がいかないのです。本国のお歴々《れきれき》には、勝ち目のない戦いを仕掛けようとしていることがわからない。彼らが存在すら知らない、あのばかでかいアホウドリのごときドラゴンが中国から大量に差し向けられ、爆弾をかかえてシドニーの上空を飛びまわるようなことになったら、いったいどうしろと言うのです。無理だ。どう考えても。ここの面倒はここにいる者たちが見なければならない。

むろん、だからといって、国王陛下への忠誠を否定するわけではありません——それは断じて」

マッカーサーの本音は、少なくとも本国から新たな回答が届く一年半後までは、国王陛下への忠誠を誓う、ということなのだろう。もしそのときに英国政府が、今回マッカーサーみずから宣言した〝オーストラリア首席代表〟という新たな肩書きを承認しないとわかれば、彼の言う忠誠もそれほど堅固《けんご》ではないとわかるのかもしれない。

「ところで」と、マッカーサーが言った。「ランキンという人物のことですが、彼には今後も、この地の小さな航空隊基地の司令官として務めつづける意思があるのかどうかを——」

「その任を請けるように彼を説得できたとしたら驚きですね」ローレンスはあっさりと返した。おそらく、ランキンは、マクォーリーとともに帰国するつもりでいるだろう。解任された元総督は、ブライのようにこの地にぐずぐずと居残らず、自分を運んできたフリゲート艦の準備が整いしだい、離れるつもりでいるようだ。

「打ち明けておきましょう」と、マッカーサーが言った。「ランキンがいささか頑迷であることは否定しないが、彼のドラゴンはなかなか聞き分けがいい。キャプテンと話をつける前に、ドラゴンに根回しをしておくと、案外うまくいくものですね。しかしそんな状態で、ランキンにドラゴン基地の管理をまかせるわけにはいきません。むしろあなたこそ、その任に迎えたい人物なのです。わたしが、あなたのために赦免状を書き、本国にもそれを伝えました。多少の逸脱行為かもしれないが、さしあたりそうするのが――」

「閣下」ローレンスは言った。「ご厚意に感謝します。ただ、多少の逸脱どころではないと思いますが」

「まあまあ」マッカーサーが、たいしたことではないと言うように片手を振った。「ここにいる者はみな、ある意味では逸脱した存在なのです。それはこれからも変わらないでしょう。キャプテン、なんらかの回答が本国から届くまで、あなたが片隅に捨て置かれてよいとは、わたしには思えない。あなたは世界の忘れられた一角で朽ち果てる運命《さだめ》にある人ではない。そんな目に遭う必要がどこにありますか？ そもそもあなたがここに送りこまれたのは、この植民地の役に立つためだ。あなたの流刑の条件に、なんら反する仕事とは思えません」

反逆罪で終身刑を受けていても、新設されるドラゴン基地と飛行士の指揮を引き受ける妨げにはならないという意見には、マッカーサーならではの図太さがあった。その図太さが、一度ならず二度までも、彼にクーデターを決行させたのだ。マッカーサーとナポレオンは、同じ天賦《てんぷ》の才に恵まれているかどうかはともかく、精神面では瓜《うり》ふたつと言えるのではないだろうか。

「それに、正直な話」と、マッカーサーが言った。「あなたはおそらく、対中国外交においても手腕を発揮されることだろう。中国人たちがあなたとドラゴンを見たとたん、著しく態度を軟化させたのは誰の目にも明らかだ」

この発言の根拠は、この地に前週に連れてこられた中国人の若手の役人ふたりにあった。以前からシドニー近辺で目撃されていたドラゴン——名をロン・シェン・ガイといった——を、テメレアがマッカーサーの要望を受けて引き留め、領土問題についての協議に招いていたのだ。

マッカーサーは市民の声を代表し、この先中国の物品がシドニーの市場に大量に入ってくることを心から待ち望んでいると、中国側に伝えた。この件について誰もが前向きな意見を持ち、誰もが〝自由貿易〟という言葉を口にしている、と。

お茶や贅沢品などの貴重な品々が大海蛇によって大陸の北に運ばれてくるという話

は、オディーを発信源として、街の大衆に広く知れわたっていた。オディーは夜ごと酒場でグロッグ酒と引き換えに見聞したことを物語り、話は人から人へ伝えられるうちに魅力が褪《あ》せるどころか、たっぷりと尾ひれがついた。

「もしドラゴン基地の指揮官に気が乗らないとおっしゃるのなら」マッカーサーが付け加えた。「外務担当という道もある。ふむ、むしろそのほうがよいのでは?」

「その職にはテメレアを雇われたほうがいいでしょう。テメレアにその気があればですが」ローレンスは言った。「わたしはお断りします。信頼してくださるがゆえのお褒めの言葉には感謝しますが、お引き受けできません」そこでグラスを置いた。「奥様におもてなしのお礼をお伝えください」

マッカーサー邸の裏手の耕地にテメレアが寝そべり、まどろんでいた。一か月の回復期間をへて、少し肉付きがよくなり、体表のうろこにも以前のつやつやした輝きが戻ってきた。ローレンスが近づくと、テメレアは頭だけ持ちあげ、あくびをした。

「夕食会は終わった? マッカーサーの話ってなんだったの?」

「わたしに世界をくれるそうだよ。いや、世界のなかのひとにぎりの土地をね。ただし、ドラゴン基地の指揮官の地位と引き替えだそうだ」ローレンスはそう言うと、テメレアの背に跳び乗り、搭乗ストラップを装着した。「わたしを将官や外務大臣にしたいそうだ。英国の法律に照らして有効かどうかはともかく、わたしに恩赦《おんしゃ》を与えるつもりらしい。勝手にそんなことをされたら、二十年は刑が上乗せされかねないな」

「親切に考えてくれてるんだよ」テメレアの冠翼がぴんと立った。「あなたはほんとうに大臣になりたくないの？　大臣って貴族みたいなものだよね。だって、いつもあなたは国王陛下の大臣たちのことを〝大臣閣下〟と呼んでるから」

「なりたくないな」ローレンスは言った。

いつもの高台に戻ると、元総督がいて、ランキンと小声で話し合っていた。少し離れたところに、ニューサウスウェールズ軍団の護衛兵も何人かいるが、いまとなっては護衛ではなく、元総督であるマクォーリーを監視するために付いている。

「ミスタ・ローレンス、きみが今回の謀反の鎮圧を積極的に行わなかったことは評価しかねるが、マッカーサーを全面的に支持したわけではなかったと聞いて、喜んでいる」マクォーリーがもったいぶって言った。「国王陛下は、キャプテン・ランキンや忠義なる士官たちとともに、きみたちをただちに移動させることをお望みだろう。もしアリージャンス号に追いつけるなら、きみたちをそれに乗せて移送させることにしよう。きみがインドで刑期を務められるように調整するのは、おそらく可能だと――」

「失礼を承知で申しあげます」ローレンスは言った。「あなたの目的が、マッカーサーの口説きに乗らないように、わたしとテメレアを海を越えたインドの繁殖場に送り出すことならば、謹《つつし》んでお断りいたします」

ローレンスが態度を鮮明にしても、マクォーリーはけっして簡単には引きさがらず、抗弁し、命令した。しまいには、みずからの威厳を重んじる性格にもかかわらず、しかもその威厳を傷つけられた直後にもかかわらず、お追従《ついしょう》に近いことまで口にした。

しかし、マクォーリーがしぶしぶながら切り出した交換条件にも、ローレンスの心は動かなかった。「きみとて無為《むい》に過ごすのは歯がゆかろう。なにか栄誉ある仕事が見つかるのでは――いや、わたしが見つけてやろう」マクォーリーは言った。「そうなれば、ひょっとして、恩赦がふさわしいということにも――」

「これまでわたしたちにあてがわれた任務には、良心にそむくものもありました」ローレンスは言った。「それゆえに、わたしは指揮官の怒りを買うような行為にもおよんだのだと考えます」

マクォーリーはそれ以上なにも言わず、かんかんになって立ち去った。それを見ていたテメレアが、遠慮がちに話しかけてきた。「ねえ、ローレンス。ぼくはぜんぜん気にしないよ。だってもうこれ以上、政府とか政府の命令書とか、そういうものには関わりたくないからね。でも、あなたはどうなの？　もし祖国から望まれたとしても、もうほんとうに戦場に戻る気はないの？」

ローレンスはしばらく沈黙し、軍人としての使命感が心に湧いてくるのを待った。しかし、心はそよとも揺れなかった。祖国イングランドを守るために、自由を守るために、自分とテメレアが必要とされることはもうないだろう。たとえ任務を与えられたとしても、そこにあるのは執拗な破壊行為だ。いま心が求めているのは、もっと清らかななにかだ。

「戻る気はない」ローレンスはようやく答えた。「国家と国家の、王様と王様の諍《いさか》いは、もうたくさんだ。あの緑の谷間のほかは、どんな帝国だろうと、わたしにはなんの価値もない。きみがあの緑の谷間の帝国に満足できるならだが……」

「ふふん！　満足するに決まってるじゃないか」テメレアがたちまち晴れやかな顔になった。「じゃあ、明日にでも行ってみない？　ぼく、ずっと考えてたんだよ、ローレンス。冬が来る前に、あそこにドラゴン舎を建てたらどうかなって」

謝辞

わたしの作品の長きにわたるベータ・リーダー、ジョージーナ・パターソンとヴァネッサ・レンには、とてつもなく感謝している。ふたりはわたしといっしょにブルーマウンテンズをくまなく歩いてくれたばかりか、シドニーでランチを取りながら、今後出版される「テメレア戦記」シリーズの残る三巻のプロットづくりにも協力してくれた。もしかしてアルコール付きのランチだった？（それが効を奏したかどうかは、著者の今後の作品を待って判断していただくしかない）

同じくベータ・リーダーの役割を務めてくれたメレディス・リンとアリソン・フィーニーに、そして幾度も救いの手を差し伸べてくれた頼もしいテリ・オーバーカンパーに、たくさんのお礼を言いたい。今回もドミニク・ハーマンが手がけてくれたみごとな装画には、ぞくぞくしてしまう！　デル・レイ・ブックスのすばらしい編集者、ベッツィー・ミッチェルと、すばらしいエージェントのシンシア・マンソンにも、山盛りの愛と感謝を。そして世界じゅうの翻訳版の世話をしてくれたレイチェル・カインドに、特別にお礼を言いたい。レイチェル、うちのただでさえぎゅうぎゅう詰めの本棚にますます本が増えそうだけど、とても感謝してる！

そして、言葉ではとても言い表せないような贈り物を日々くれるチャールズに、ありったけの愛と感謝を捧げたい。

文庫新版　訳者あとがき

本作『大海蛇の舌』(Tongues of Serpents) をもって、漆黒のドラゴンとその担い手ローレンスの冒険を描く歴史ファンタジー「テメレア戦記」(Temeraire) シリーズは、いよいよシリーズの後半に入り、舞台をオーストラリア大陸へと移した。

なんと遠くまで来たことか――。第一話『気高き王家の翼』(His Majesty's Dragon) で、卵から孵ったばかりの小さなテメレアがローレンス艦長を見あげて「名前はまだない」とつぶやいたときから、この物語のなかでは四年の歳月が流れた。〝終生の契り〟をテメレアと結んだばかりに、目と目が合った瞬間にテメレアから誰よりも気に入られてしまったばかりに、ローレンスの運命は翻弄《ほんろう》される。否応もなく艦長の地位を捨てて航空隊の飛行士となり、厳しい訓練を経たのちに、幾多の対ナポレオン軍の戦いに参加する。

しかし、もしテメレアが特異な中国種のドラゴンでなければ、物事の本質を見抜く透徹したまなざしと思い悩む繊細な心を持っていなければ、ローレンスは剛胆《ごうたん》で実直な性格と人望の厚さから、海軍の優秀な艦長となったように、航空隊においても輝かしい戦功をあげて、それなりの出世を果たしていたかもしれない。

ところが、そうはいかなかった。第二話『翡翠の玉座』（Throne of Jade）で中国へ赴き、かの地ではどれほどドラゴンが大切に扱われているかを目の当たりにしたテメレアは、戦争のために消費されていく戦闘竜の宿命に疑問をいだくようになる。このあたりから、「テメレア戦記」シリーズが、ただ史実を下敷きにするだけではなく、世界史の流れを大きく改変するような思想のうねりを秘めていることがすでに垣間見えていた。

第三話『黒雲の彼方へ』（Black Powder War）では、ユーラシア大陸を横断する旅で野生ドラゴンの仲間を得て、〈イエナ・アウエルシュタットの戦い〉とダンツィヒの攻城戦を戦い抜き、最後は決死の逃亡というかたちで英国に帰還した。そして、第四話『象牙の帝国』（Empire of Ivory）で、先の戦いに英国から援軍が来なかった理由が、ドラゴンを死滅させる恐ろしい伝染病にあったことが明らかにされる。その伝染病、〝竜《りゅう》疫《えき》〟の特効薬を求めて、テメレアとローレンスはアフリカ大陸へと渡るわけだが、最後には竜疫が世界に広がるのを阻止するために、アフリカで手に入れた薬キノコを軍には無断で敵国フランスに運びこむ。

それによってローレンスは国家反逆罪に問われ、死刑を宣告されることになるのだが、第五話『鷲の勝利』（Victory of Eagles）では、ついに英国本土に侵攻したナポレオン軍を打ち破るための戦闘に駆り出され、〈シューベリネスの戦い〉における戦功によって減刑される。それが本作の舞台となるオーストラリア大陸の英国領、ニューサウスウェールズ植民地への流刑だった。

とまあ、激動の四年間を駆け足で振り返ると以上のようになるのだけれど、容赦なくひと波瀾もふた波瀾もローレンスとテメレアに降りかかるのは、この第六話『大海蛇の舌』においても変わりはない。それは冒頭からいきなりはじまる街の乱闘によっても、充分に予見できるだろう。

折りしも、ニューサウスウェールズ植民地では、植民地の秩序を守るはずの軍人たちが反乱を起こし、植民地総督をシドニーから追い出して、英国政府の縛りを受けない自治を行っていた。地位を追われた総督の味方についても、反乱を起こした軍人たち、〃ラム酒軍団〃の異名をとるニューサウスウェールズ軍団の味方についても、軍務への復帰にかすかな望みを託す流刑者であるローレンスは、苦しい立場に追いこまれることになる。

これは実際にこの地で一八〇八年に起きた〈ラム酒の反乱〉をストーリーに取り入れたもので、ブライ総督も、反乱の首謀者であるジョンストンとマッカーサーも、オーストラリア史に実在する人物である。ただし、この反乱が本作のストーリーの主軸になるわけではなく、むしろ反乱の政治的駆け引きから逃れるように、ローレンスとテメレアは山岳地帯に物資と家畜の輸送路を求めて、内陸に分け入っていく。行けども行けども奇妙な植物ばかりの赤い砂の荒野で、一行はなにを見ることになるのだろうか。

ここから先については、どんな説明をしても、テメレアとともに未踏の荒野を飛翔する醍醐味を損なうことになってしまうだろう。それぞれの濃いキャラクターについても、第一話に登場した問題多き人物についても、ひとこと言ってみたい気持ちを訳者はぐっとこらえることにする。それでも、これから本書を読む方々のために差し障りないように少しだけ付け加えておくと、前作から導入されたテメレアの視点による語りが、ローレンスの視点だけでは描ききれないテメレアの内面を伝えて、両者のあいだに通い合う気持ちをより細やかに描き出している。

また、ローレンスのオーストラリアへの流刑には、ローランド空将のはからいで、ドラゴンのための前哨基地をつくるという目的も含まれており、そのために三個の卵がアリージャンス号で大陸に持ちこまれていた。どれもこれも英国政府にとっては価値のない卵だったが、だからこそ、この三個の卵からどんなドラゴンが誕生するのかを見とどけることがページをめくる楽しみのひとつになるだろう。生まれてくる三頭ともが相当に型破りなドラゴンで、このなかには今後の冒険に新たに加わる旅の仲間も含まれている。これまでユーラシア大陸へ、アフリカ大陸へと旅をしてきたローレンスたちが、つぎの第七話『黄金のるつぼ』(Crucible of Gold) では、いよいよアメリカ大陸に向かうことを、勘のよい読者はすでに気づいていらっしゃるかもしれない。

苦難をくぐり抜けるほどに、ローレンスとテメレアの絆は深くなり、テメレアのなかではドラゴンの生存権や市民権を求める気持ちが高まっていく。そして、戦闘竜としての本分をテメレアに教えるはずだったローレンスが、はからずもテメレアの思想に感化されながら、波瀾万丈のシリーズを思わぬ方向に導いていく。

さて、この第六話までは、旧訳を改訂したうえで文庫版として刊行されてきましたが、未訳だった第七話から九話までは、文庫版と同じ静山社から、まずは単行本で、順次刊行されることになっています。少しだけお時間をいただくことになりますが、怒濤の展開となる第七話を、どうか楽しみにお待ちください。これからも「テメレア戦記」シリーズをよろしくお願いいたします。

二〇二二年七月

那波かおり

本書は
二〇一五年三月　ヴィレッジブックスから
刊行された「テメレア戦記６　大海蛇の
舌」を改訳し、二分冊にした下巻です。

テメレア戦記６
大海蛇の舌　下

2022年10月６日　第１刷

作者　ナオミ・ノヴィク
訳者　那波かおり

発行者　松岡佑子
発行所　株式会社静山社
〒102-0073 東京都千代田区九段北1-15-15
電話・営業 03-5210-7221
https://www.sayzansha.com

ブックデザイン　藤田知子
組版　アジュール
印刷・製本　中央精版印刷株式会社

ISBN978-4-86389-651-2